SHANGHAI LITERATURE & ART PUBLISHING GROUP

故事会
精品系列

谐趣故事

上海锦绣文章出版社
上海故事会文化传媒有限公司

上海文艺出版（集团）有限公司

图书在版编目（CIP）数据

谐趣故事 《故事会》编辑部编 - 上海：上海锦绣文章出版社
（故事会精品系列） ISBN 978-7-80685-961-2
Ⅰ.①谐...Ⅱ.①故...Ⅲ.故事－作品集－世界 Ⅳ.I14
中国版本图书馆 CIP 数据核字 (2008) 第 019739 号

丛 书 名：故事会精品系列

书 　 名：谐趣故事

主 　 编：何承伟

编 　 委：何承伟 　 吴 伦 　 姚自豪 　 夏一鸣

责任编辑：刘迎曦 　 鲍 放

装帧设计：王 伟

责任督印：张 凯

出 　 　 版： 上海锦绣文章出版社

上海故事会文化传媒有限公司

POD 海外发行： 中国图书进出口上海公司

电话：021-36357888

传真：021-36357896

地址：上海市虹口区广中路 88 号

邮编：200083

海外 POD 发行版本

目　　录

搞 笑 取 乐

具有高尚的和快乐的性格的人，
才会感染周围的人的快乐。

两个城里傻蛋儿

有两个城里人,一个叫乔,一个叫萨姆,他们听说乡下空气新鲜,对身体有好处,就跑到那儿去找工作。虽说两个人对庄稼、牲畜方面一无所知,可还是找到了一份放羊的工作。他们的任务是每天清晨把牧民的2000只羊赶到山上的草地去吃草,傍晚再把羊赶回羊圈。

可是才干了一天,两个人就累得筋疲力尽。傍晚,他们找到那个牧民,乔说:"对不起,我们不干这活了。太累啦!"

萨姆接着说:"就是呀,早知道这么辛苦,我宁可不要新鲜空气,待在城里的好。"

牧民问:"怎么回事?这个工作挺清闲的呀,你们只要在羊群旁边走走,看着他们吃草就行啦。"

乔说："大的羊倒是很听话,也不到处乱跑。"

萨姆接着说："可那些小羊一点也不听话,到处乱窜,害得我们颠来颠去,把腿都跑断了,总算把他们都关进羊圈了。"

牧民纳闷了："我只有 2000 只大羊,没有什么小羊呀。"

乔说："没错,大羊是 2000 只,还有 68 只小羊呢。不信,你自己去羊圈点点。"

牧民跟着他们来到羊圈清点自己的羊。他看到 2000 只羊一只也没有少,全在那儿,另外,在羊圈的角落里,还挤着 68 只吓得直打哆嗦的野兔子!

（王亚民）

（题图：李　加）

跟他学

　　一个外国人到西班牙访问当地教堂,被安排坐在前排长凳上。

　　这个外国人不懂西班牙语,也不懂当地教堂的仪式,为了不让自己出洋相,他决定模仿身边的一个男人。

　　大家唱歌的时候,这个男人开始拍手,外国人也跟着拍手;这个男人站起身来祈祷,外国人也跟着站起来;这个男人坐下,他也坐下;这个男人在圣餐仪式上拿起圣杯和面包时,他也拿起圣杯和面包。

　　过了一会儿,布道师宣布什么公告,那个男人和大家一样在鼓掌,于是外国人也跟着鼓起了掌。

　　过后,外国人听见布道师说了几句话,就看见身旁的那个男人站了起来,他也就跟着站了起来。

突然间,教堂里鸦雀无声,外国人四下里望望,除了他俩,并没有一个人站起来,于是他不由自主地又坐了下去。

集会结束后,布道师站在门口和离去的人们一一握手。

当这个外国人伸出手向他致意时,布道师用英语说道:"我猜想你不会说西班牙语。"

外国人回答:"是的,我不会。很明显么?"

"是的","布道师说,"我刚才宣布的是艾克斯塔一家新生了一个男婴,请这位自豪的父亲站起来。"

外国人一听,目瞪口呆。

(王　倩)

(题图:李　加)

老外报警

　　弗郎西是一个热情善良的法国青年,也是法国一家公司驻中国的代表,来中国没多久,他很快就学会了一些简单的日常对话。

　　这天,弗郎西到一家快餐店吃午饭,他的对桌是一男一女两个年轻人,看样子是一对情侣,他们一边津津有味地吃着饭,一边亲亲热热地窃窃私语。

　　自从来到中国,弗郎西对一切都感到新鲜有趣,这时,他饶有兴致地听着这对情侣在说话,只见那男的往女的碗里挟了一只鸡大腿,笑着说:"亲爱的,看,你的鸡大腿多漂亮!"女的知道男友是在开玩笑,也不生气,就低头啃了起来。一会儿,那男的又冲服务员一招手,大声喊道:"请来一碗西红柿汤。"服务员应允一声,不一会儿就端来一大碗红红的汤,那对情侣立刻有滋有味地喝了起来……

弗郎西一直友好地微笑着,他心里暗自高兴:"嗨,今天又学了几句中国话,比如,'亲爱的'、'鸡大腿'、'西红柿汤'……"

吃完午饭,弗郎西信步来到街上闲逛,突然看到一辆急驶的小轿车像喝醉酒似的,摇摇晃晃一下子撞倒了一个躲避不及的行人,被撞的是个女人,腿部受伤,鲜血淋漓,染红了马路,而肇事的车子竟一溜烟地逃之夭夭。

弗郎西见此情景,立刻掏出手机打"110"报警。电话一通,他就"呜哩哇啦"地叙述起来,只听对方连连说"No",这才想到自己情急之下说的是法文。憋了半天,急中生智,他把平时学的一点汉语和刚才在快餐店"偷"听来的几句"融会贯通",活学活用,一字一句地报案:"喂,警官先生,大事不好,亲爱的鸡大腿被车压成一碗鲜红的西红柿汤了……"

(韩香萍)

(**题图**:李 加)

越帮越忙

　　幼儿园放学时,小约翰让一位女老师帮他穿靴子。女老师虽说上了年纪,但对孩子的要求向来是有求必应,她匆匆赶过来,帮小约翰忙。

　　一个往上提,一个往下蹬,费了好大劲,两只靴子才穿上了。女老师早累出一身汗来,就在她喘气的时候,约翰突然叫起来:"老师,靴子穿错脚了。"

　　往下脱比穿上去还难。女老师心想:要沉着冷静,别因为太急躁,伤了孩子的嫩脚丫儿,也别撕坏了靴子。于是她一边耐着性子,一边和约翰一起用力脱靴。

　　脱下来后,换好左右脚,又费了好大的力气穿上,这时女老师累得腰酸背痛。刚直起身来,约翰又尖叫起来:"老师,这不是我的靴子!"

女老师差点没吐出血来,她忍不住大声责问道:"约翰,还有完没完?你为什么不早说?"她只好再次蹲下身,帮小约翰把靴子脱下来。

接着,女老师便四处找约翰的靴子,但找了好一会儿,却没找着,孩子们都走了,地上没有多余的靴子。她问道:"约翰,你穿什么靴子来的?"

约翰说:"就是穿这双呀。不过,这是我哥哥的。我妈今儿早上起晚了,急着要上班,给我穿错了!"

女老师闻听此言,真是哭笑不得。她集中起全部慈爱之心和勇气,又帮着小约翰穿上靴子,然后说:"好了,孩子,你现在该戴手套了!"

她见约翰一动不动,就劝道:"老师刚才话说重了点,对不起。外面已经到了零下二十多度,不戴手套,小手指头会冻坏的。你的手套呢?"

约翰说:"报告老师,这靴子太大,早上穿靴子时,我把手套塞进去了!"

（王贵明　编译）

（题图:李　加）

85岁学打球

　　杰克一直喜欢体育运动。这天,妻子问他:"你高尔夫球打得怎么样?"

　　杰克回答道:"我以前打得很好,可现在不行了,我经常看不清球飞到什么地方。"

　　妻子提醒道:"可你才 75 岁呀,杰克! 这样吧,我哥哥斯科特想打高尔夫球,你明天打球时带上他,让他帮你掌掌眼。"

　　杰克一口回绝道:"不行,他今年已经 85 岁了,不能再玩高尔夫球了。"

　　妻子发火了,用命令的口气对杰克说:"85 岁怎么啦? 他的眼神比你好,不论你的球飞到哪儿,他都能看得清清楚楚!"

　　杰克知道拗不过妻子,第二天只好带着斯科特上了球场,让他看好球。

杰克挥杆击球,球在球道中间消失了。斯科特看着飞出去的球,高兴得像个小孩子似的又是跳,又是叫。

杰克伸长脖子问道:"斯科特,你看到球了吗?"

斯科特立即答道:"看到了!"

"那么,你说说看球落在哪儿了?"杰克大喊道。

斯科特搔了搔头皮,不好意思地说:"这……这……对不起,这我可忘了!"

(王贵明　编译)

(题图:李　加)

浴缸里的泡沫

　　统计课老师要求每个学生进行一项调查。这是一项乏味的工作,所以查理选择去调查人们是怎样娱乐的。

　　他先来到学校附近一所很大的公寓,敲开了第一间房门。开门的是一个男人。查理问:"先生,你叫什么名字?"

　　那人说:"约翰。"

　　查理说:"我正在做一项统计调查,想知道你喜欢怎样的娱乐。"

　　那人想了想,回答道:"观看浴缸里的泡沫。"

　　查理觉得他的回答很有意思,就记了下来,又往前走去。

　　买到第二个门前,他问了同样的问题:"先生,你叫什么名字?"

"杰夫。"

查理说:"我正在做一项统计调查,想知道你喜欢怎样的娱乐。"

那人想了想,回答道:"观看浴缸里的泡沫。"

查理感到很有趣,又有点困惑,他继续在这座公寓里调查,结果遇到的所有男人回答都一样:"观看浴缸里的泡沫。"

查理迷惑不解地离开了这幢公寓,来到了街对面的另一所房子。他敲了敲门,这次,一个很漂亮的女大学生给他开了门。

查理问了同样的问题:"小姐,你叫什么名字?"

女大学生回答:"泡沫。"

(李荷卿)

(题图:李　加)

汇报演出

一年级新生要在全校举行一次期末汇报演出,有个叫桑保罗的男生演技相当不错,就是生性非常羞怯,这个毛病也带到了舞台上。

他在戏里饰演一个痴情王子,在最后高潮部分与美丽的公主有这么几句台词:

公主:我们分手吧!

王子:为什么?我们这么好,都已经有那层关系了。

公主:你说什么,我是清白的。

王子:你怎么会是清白的呢?我连你乳房上有两颗痣都已经知道了。

桑保罗就是说不出"乳房"这两个字,每次戏排到这儿,他都会羞得满脸通红。

指导老师心急如焚,最后实在没有办法,就对桑保罗说:"咱们把台词改一下吧,改成'我连你胸前有两颗痣都已经知道了',如何?"

桑保罗舒了口气,于是每天晚上临睡前都默念一遍:"我连你胸前有两颗痣都已经知道了。"然后才安心入梦。

汇报演出在一个月明风静的晚上开始了,舞台上,桑保罗将台下观众的心渐渐带进了戏剧高潮——

公主说:"你说什么?我是清白的。"

只见桑保罗先做沉思状,然后深情款款地对公主说:"你怎么会是清白的呢?我连你胸前有两个乳房都已经知道了。"

公主的脸涨得通红,台下的人都笑傻了。

(刘灼闻)

(题图:李 加)

选择惩罚

　　三个囚犯在监狱里，一个是老大，一个是老二，一个是老三。三个人企图越狱，但很快就被抓了回来，按条例，他们必须受到惩罚。

　　监狱官对三个囚犯说："监狱长已经下达了对你们每人处罚三鞭子的命令，不过，你们可以选择一样东西遮在自己的背上。老大、你先说，你想要什么东西遮在背上？"

　　老大想了想，说："我要涂点油。"

　　监狱官对狱卒说："好，给他的背上涂点油，很好。现在开打：一！"

　　老大："啊！"

　　监狱官："二！"

老大:"噢,上帝! 饶恕我吧!"

监狱官:"三!"

"啊……"老大疼得晕了过去。

监狱官接着对老二说:"该轮到你了。你的背上也要涂点油吗?"

老二身体特别强壮,只见他把头一挺,说:"不,我什么也不需要。"

监狱官说:"有种,就照你说的。"然后转过身对狱卒说:"来,给我狠狠地抽:一!"

老二:"没感觉。"

监狱官:"二!"

老二:"真惬意!"

监狱官:"三!"

老二:"抽得好,有点挠痒痒的感觉。"

这话差点没把监狱官给气死。

最后剩下老三了,监狱官瞪了他一眼:"老三!"

老三吓得腿肚子直打抖。

监狱官:"你要把什么东西遮在背上?"

老三抖抖索索地说:"我要老二!"

(佚　名　供稿)

(**题图:**李　加)

比说爱你更动听

鲍勃早上醒来,发现家里不一样了,窗户从未有过的明亮,地板从未有过的干净,衣架上挂着自己的西装,整洁而笔挺。

他心里纳闷:今天是什么日子? 妻子平时可没这么勤快呀!

他赶紧起床,看见客厅茶几上摆着崭新的花瓶,里面插着一大捧玫瑰,还带着清晨的露珠。早点已经放在餐桌上了,不但有牛奶和果汁,还有自己平时最爱吃的吞纳鱼面包。

鲍勃挺奇怪:结婚纪念日不是刚过了么?

突然,他发现面包盘子底下压着一张纸条,拿起来一看,是妻子熟悉的笔迹:亲爱的,我上班去了,你好好享用吧!

鲍勃越发奇怪:到底发生什么事了?

正在这时,睡眼惺忪的儿子从他自己的房间里出来,鲍勃问："昨晚发生什么事了?"

"哦,"儿子揉揉眼睛,说,"爸爸,难道你自己一点儿都不知道?"

"知道什么?"鲍勃着急地催问儿子,"快说,家里到底发生过什么事了?"

儿子两肩一耸:"爸爸,昨天晚上你喝得简直不成样儿啦,身上衣服脏了不说,还把客厅和卧室的地板吐得又脏又臭,可把妈妈累坏了。"

鲍勃听儿子这么一说,才想起昨晚自己和朋友一起喝酒的事,很不好意思。

儿子朝他眨眨眼睛,故意卖了个关子:"爸爸,你真行! 昨晚妈妈替你换衣服的时候,你知道你说什么了?"

鲍勃有点紧张:"我说什么了?"

"你啊——"儿子扫了一眼餐桌,朝鲍勃扮了个鬼脸,"你说,'走开走开,我可是结了婚的人!'看,你这句话的效果,现在出来了吧?"

（骆晓颖）

（题图:李 加）

雨夜惊魂

　　周末之夜,吉姆叫上好友雷德驱车前往郊外的一家新酒吧,两个好朋友在里面一杯深、一杯浅地直喝得面红耳赤、酩酊大醉。

　　他们俩从酒吧里出来,这才发现不知什么时候外面下起了雨,没有月亮,没有星光,于是只好踩着泥泞的小路踉踉跄跄地走到车前,好不容易坐了进去,将车发动起来,朝回家的方向开去。

　　没过一会儿,他们听到一阵敲击车窗的声音,雷德扭头一看,车窗外,有一张老人的脸。"哦,天啦!"雷德吓得大叫一声,坐在那里一动不动。

　　吉姆也被吓了一跳,连忙朝车速表上看了一眼,那上面明明指着时速 60。这车开得不慢啊,怎么车窗外会有人敲玻璃? 难道是鬼跟着?

吉姆大声对雷德叫道:"快,打开车窗,问他想干什么?"

雷德打开车窗,问:"老……老……老先生,你……有什么事?"

老人声音低沉地说:"可以给我一支烟吗?"

雷德连忙递上一支烟,老人道声"谢"后就离开了。

雷德迅速将车窗关上,吉姆心领神会,狠踩了一下油门,想快点将老人甩掉,车速表的指针一下子跳到了90。

可没过两分钟,他们又听到了可怕的敲窗声,还是那位老人!

雷德再一次打开车窗,可是没等他开口,那老人便把手伸了进来,问:"可以再向你们借个火吗?"

雷德颤巍巍地把自己的打火机丢给了老人,然后迅速关上车窗,声嘶力竭地对吉姆叫道:"快! 再快一点!"

吉姆一脚将油门踩到了底。

可是,这一切都是徒劳的。就在他们惊魂未定的时候,那位老人的脸又一次出现在车窗外!

雷德打开车窗,哭丧着脸问:"老先生,你到底想怎么样?"

只见老人神情和蔼地说:"非常感谢你们给了我烟和火。我想问一下,你们的车在泥坑里空跑了半天,需要我帮忙推一下吗?"

(陈　健　编译)

(题图:李　加)

买保险

　　一名男子到保险公司去购买生命保险。

　　在叙述了家庭成员的基本情况后,公司经理问他:"您能不能告诉我,您父母去世时多大年纪?"

　　男子回答说:"我母亲心脏不好,她30岁那年就离开了我们;父亲是因为癌症去世的,那年他才35岁。"

　　"十分抱歉,"公司经理顿时面露难色,对男子说,"由于您父母健康状况的原因,我们不能让您买生命保险。"

　　男子心里郁闷得要命,无奈之下只好离开。

　　这时,有个人从后面紧走几步跟上来,附着男子的耳朵说:"您怎么那么老实? 你们刚才的对话我在门外都听到了,您怎么能实话实说呢?"

那个人给他指点迷津:"都像您这样满嘴大实话,没有哪个公司肯把生命保险卖给您。"

"你是谁?"男子警惕地问。

那人笑了:"我就是这个公司的业务员呀!"

男子受此点拨,豁然开朗,感激地朝他点点头。

紧接着,男子就来到另一家保险公司。

公司经理照例问他:"呃,年轻人,您父母是在多大年纪时去世的?"

男子胸有成竹地回答道:"我母亲93岁那年骑自行车时不小心摔下来,去世了;我父亲是在他98岁那年踢足球时去世的!"

(徐 岚 编译)

(**题图:**李 加)

电梯里的故事

　　一天晚上,约翰和汤姆在学校图书馆看书时,看到一个故事:有个人,极善分辨人和鬼,一天他去乘电梯,当电梯门打开的时候,他一眼看出里面挤着很多鬼,只有一个人,是个女孩。他不由惊呼道:"这么满啊? 你们先下去吧,我等一下好了。"可是电梯里的那个女孩听他这么说,顿时吓得魂不守舍:明明电梯里就我一个,怎么说"这么满"呢? 她活活被吓死了……

　　约翰和汤姆看到这里不禁笑出声来:故事实在编得太离奇了,天下哪有这么胆小的人?

　　那天,约翰和汤姆从图书馆出来已经很晚了,他们不约而同地决定,按故事里说的,来捉弄捉弄电梯里的人。

　　巧的是,等电梯上楼,门打开,他们一看,嘿,里面恰巧只有一个人，而且也是个女孩。于是约翰故意装着很遗憾的样子，看了电梯里面一眼，对汤姆说："哇，这么满啊，我们等一会儿好了！"

电梯里的那个女孩见他们俩这个样子，吓得瞪大了眼睛，眼巴巴地看着电梯门关上。

很多天以后，就在约翰和汤姆把这件事忘得一干二净的时候，这天晚上，两人在图书馆乘电梯时又遇到了那个曾经被他们捉弄过的女孩。

电梯里只有女孩一个人，可是女孩却对他俩说："你们看，这里已经乘得这么满了，你们还是等下一趟吧！"

约翰觉得很奇怪："可是，这电梯里只有你一个人呀？"

女孩很生气："这么多人，你们没看见啊！等下一趟吧！"然后电梯门就关上，电梯下去了。

这是怎么回事？两人吓得冷汗都冒出来了，站在那里直发呆……

过了一会儿，电梯又上来了，约翰和汤姆恐惧地盯着电梯门。门开了，一看，里面还是女孩一个人。

女孩看着约翰和汤姆紧张的面孔，笑着说："还记得两个星期前在这里吓我的事吗？嘿，我昨天也看到那个故事了！"

（张　玉）

（题图：李　加）

中国灯笼

　　杰克是一个很帅气的美国小伙子,正在读大学,和中国姑娘小琴是同学。杰克和小琴经过半年的交往,两人相爱了。

　　眼看中国的传统节日春节就要到了!俗语说,每逢佳节倍思亲。小琴独在异乡,禁不住感到寂寞,大年三十那天早上,她醒来后便给杰克打电话,邀请他晚上八点到她的公寓来和她一起守岁。杰克一听高兴得差点跳起来,一口答应:准时赴约!

　　为了增加喜庆气氛,小琴到华人开的商店里去买来两只大红灯笼,挂在门楣左右两边。到了晚上七点钟的时候,天色渐渐黑了,小琴就把红灯笼点亮,又放起了音乐,然后就到厨房里忙碌起来。

　　再说杰克,他捧着一束鲜红的玫瑰,提前十来分钟到了小琴住的公寓门口,一看门楣左右两边挂着的两只红灯笼,便立刻止住了脚步,规规矩矩地在门口等着。

杰克等呀等,等呀等,一边等一边不停地抬头看那两只红灯笼,红灯笼始终红彤彤地亮着,杰克也始终没有再朝前迈一步。就这样,他在小琴公寓门前一等就是大半个小时。

这时候,屋里的小琴也在等杰克,她实在等得不耐烦了,忍不住打杰克的手机。

小琴问:"杰克,你怎么还不来呀?"

杰克回答:"我早就来了,就在门口等着哪!"

小琴觉得非常奇怪:"那你为什么不按门铃呀?"

杰克说:"我猜想你一定有什么事不方便我进来,所以让红灯亮着,要我稍等。灯一直没有变绿,我怎么能闯红灯进来啊?"

(郭荣立)

(题图:李 加)

银行老板的手提箱

　　道格拉斯是一家商业银行的老板，可怎么看都不像个有钱人，身上永远是白裤子和灰上衣，而且还不舍得坐汽车，每天都是步行上班。唯一能代表他身份的，就是那个从不离身的手提箱，这箱子扁扁的，宽宽的，高贵典雅，工艺一流。

　　这天，道格拉斯被两个小偷盯上了。这两个小偷从外地来，一个叫汤姆，另一个叫麦克，只见汤姆捅了捅麦克的后腰，说："看到他的手提箱了吗？"

　　麦克不以为然地说："我敢发誓，那手提箱里没有钱，一个大老板身上是不会带现金的。"

　　汤姆"嘿嘿"一笑，说："这个我知道。可你想过没有，他为什么总是带着箱子出门？即使不放钱，里面也肯定是贵重的文件、债券什么的,如果能把它偷来,到时只要打个电话去要钱,他还不乖乖就范?"

麦克眼前一亮,冲汤姆竖起了大拇指,然后快步跟上道格拉斯,很有礼貌地问道:"先生,能向你借个火吗?"

道格拉斯掏出打火机,给汤姆点烟,这时,麦克骑着一辆摩托车从后面飞奔而来。

这是他们一贯的伎俩,分散借火人目标注意力,然后骑车人飞身抢夺。可是就在汤姆以为十拿九稳时,麦克却不仅没动手,反而加快油门一晃而过。

来到碰头的地方,汤姆怒喝道:"为什么不动手?"

麦克很委屈地说:"我正要动手,那边来了一个警察。"

第二天,麦克决定与道格拉斯来个正面接触,但临到动手时,摩托车坏了,又只得作罢。

像他们这样的职业小偷很少会两次落空的,所以两人都显得没有耐心了,他们决定直接去抢。

第三天,两人一左一右地走在道格拉斯的身后,正要实施抢夺计划,这时,道格拉斯似乎感觉到有什么不对,他左右看了看,突然一个转身来到旁边的花坛前,把箱子放在地上,一屁股坐在了上面。

这下子汤姆和麦克傻了眼,难道这个家伙知道了他们的意图? 再看看道格拉斯,他坐在那儿,一副悠闲自得的样子,目光也没有落到他们身上。看样子不像,他俩顿时放心了,也装作很累的样子,跑过去坐在他的身边。

过了一会儿,道格拉斯撅起屁股,他要起身了,机不可失,汤姆和麦克像兔子一样蹿上去,一个推了道格拉斯一把,另一个抄起箱子就跑。道格拉斯猝不及防,一头倒在地上,但就在倒地的瞬间,他大声疾呼:"来人啊,有人抢东西啦!"

于是汤姆和麦克很快就被闻讯赶来的警察抓住了。

在警察局里,汤姆和麦克又是互相埋怨,又是唉声叹气。他们知道,量刑是按抢夺物品的价值换算的,天知道道格拉斯箱子里的东西值多少亿元,只怕下辈子都得在监狱里呆着了。

这时,铁门开了,一个警察走进来,朝他们挥挥手,说:"你们走吧。"

"走?"两人面面相觑,以为听错了,"到哪去?"

警察不耐烦地说:"废话,哪来的到哪去!"

"不起诉我们了?"

警察哈哈笑道:"就你们? 不够分量! 知道道格拉斯先生的手提箱里是什么吗? 是空的! 因为他要减肥,所以才走路上班,可是他实在太胖了,所以就拿箱子当板凳,这样不论走到哪儿,累了都可以用来坐坐……"

汤姆和麦克愣住了……

与此同时,道格拉斯从警察局里取回了自己的手提箱。他心想:如今这社会真不安全,连板凳也有人抢了。嗯,看来以后还得多准备几个!

（吴宏庆）

（题图:李　加）

调 侃 戏 谑

如果你有说俏皮话的才智,那么请用它来取悦而不是伤害。

假设学院

　　有一位名叫史蒂夫的中年汉子决定重返大学校园拿个学位,由于不明白究竟拿什么样的学位好,他跑遍了各所大学,有物理学院、社会学学院、心理学学院,还有假设学院。史蒂夫从来没听说过什么叫假设学院,感到非常迷惑,这时,正好迎面来了一位先生,问他是否需要帮忙。

　　史蒂夫说:"我从来没有听说过什么叫假设学院,想弄个明白。"

　　"噢,我是这个学院的院长。"这位先生说,"可以毫不夸张地说,我们将假设推到了艺术的高度。"

　　可史蒂夫还是没搞懂,于是院长就给他举了个例子:"我可以假设您有一只狗吗?"

"啊,是的,我的确有只狗。"

院长问:"那么,可以假设您有一个可以供狗玩耍的庭院吗?"

"啊,是的,我的确有个庭院。"

院长又说:"那么,我可以进一步假设,因为您有庭院,所以也有一幢房子。"

史蒂夫开始感到惊奇了:"啊,是的,我的确有幢房子。"

"好了,由于您有房有狗有庭院,那么我可以假设您有妻子!"

史蒂夫一听目瞪口呆:"令人惊奇,是的,我的确有妻子!"

院长又问:"由于您有妻子,我可以假设您不是同性恋吗?"

史蒂夫连忙答道:"哦,是,我不是同性恋!"

"这下您明白了吧?"院长十分得意,他说,"从一个简单的您有狗的假设开始,我可以假设您有房子有庭院有妻子,而且不是同性恋。"

史蒂夫惊诧不已,很快就入学上了假设学院。入学三周后的一天,他早早赶到班上等待上课,这时,史蒂夫发现大厅里有一个男人,看上去神色有点茫然,史蒂夫想试一试刚学到的假设技巧灵不灵,就迫不及待地走到那男人跟前。

史蒂夫问:"请问,您需要帮忙吗?"

"啊,是的。"男人答道,"我想知道什么叫假设学院。"

"我给您举个例子。"史蒂夫说,"您有狗吗?"

男人回答:"没有。"

"啊!"史蒂夫惊讶地说,"那么您一定是同性恋了!"

(陈宗伦 编译)

（题图:李 加)

咱这儿的规矩

　　有一个律师,到乡间去打猎,他瞄准一只正在飞的野鸭子"砰"的一枪,鸭子掉下来,刚好落到一片用篱笆围着的农田里。

　　律师跑过去,正准备翻进篱笆捡那只野鸭,一个年纪很大的农夫走了过来,问:"嘿,你在做什么?"

　　律师白了他一眼:"我捡我的鸭子,关你什么事?"

　　农夫说:"这是我的田,你不能随便爬进去,会踩坏庄稼的。"

　　律师火了,冲农夫嚷嚷道:"臭乡巴佬,你知道我是谁吗? 我是全城最有名的律师! 你最好乖乖躲开,要是你敢不让我进去,我就敢打一场官司让你输得精光!"

　　农夫一愣,随后笑眯眯地说:"我年纪大了,不想进城去和你打官司。咱这儿有咱这儿解决问题的规矩,叫'三脚踢不倒'。"

律师愣住了："什么叫三脚踢不倒？"

"就是说，我先踢你三脚，你再踢我三脚，我再踢你三脚……一直到谁认输，或者倒在地上起不来为止。"农夫解释道，"你赢的话，就进去捡野鸭。怎么样？"

律师想了想，觉得对付这个干瘪老头应该没什么问题，就答应按照这里的规矩来办。

农夫说："好，那我先踢了。"说着，他慢慢走到律师跟前，抬起腿，"呼"的一脚蹬在律师的肚子上，律师"哎哟"一声就跪在地上了。

农夫的第二脚紧接着踢在律师脸上，这一下差点没把他的鼻子给踢飞了。

律师还没回过神来，"第三下！"农夫的第三脚又到了，把律师踢得打了三个滚，险些背过气去。

律师痛得鼻歪嘴斜，手都不知道该捂哪儿。他好容易才撑着身子，摇摇晃晃站了起来，喘着气对农夫说："乡巴佬，我、我站起来了，没输，轮、轮到我来踢你了……"

农夫依然笑眯眯地看着他，拍了拍手，说："孩子，我现在认输了，你可以去捡你的鸭子啦。"

（纳　兰）

（题图：李　加）

比阔气

　　杰克开着一辆雨果车上街,遇到红灯便停下来,闲着无事,就朝后看了看。这一看不要紧,他发现就在后面,停了一辆劳斯莱斯车,光彩照人,十分显眼。他立即打开车窗向后喊道:"嗨,我叫杰克,你那辆车不错呀,请问车上配了电话吗? 我的雨果车配了。"

　　劳斯莱斯车主答道:"我叫彼得,告诉你,我的车配了电话。"

　　杰克说:"酷啊! 车上配了冰箱吗? 我的雨果车后座配了冰箱。"

　　彼得看样子有些烦了,说:"是的,我车上也配了冰箱。"

　　杰克又说:"太好了! 伙计,你的车配了电视吗? 你知道,我的雨果车上有一台电视。"

彼得显得很不快活,说:"我车上当然装了电视,劳斯莱斯是世界上最豪华的轿车!"

杰克说:"劳斯莱斯当然是最酷的啦,但'好马要配好鞍',你那车装床了吗? 我的雨果车上有一张很舒服的床。"

彼得的车没有床,这让彼得很恼火,他三言两语问清了杰克的地址,就把车开走了。他找来经销商,要求在车上放一张床。

第二天上午,彼得来取车,见新安放的床全部采用黄铜结构,床上铺了缎被和虎皮褥子,好气派呀,配劳斯莱斯车再好不过了! 他付过账,开了车便去找杰克,谁知找了一整天也没找到。

最后,夜很深了,他偶然发现杰克的那辆雨果车就停在一家夜总会前面,奇怪的是车上所有的窗都是雾气腾腾的。

彼得下了车,走到雨果车旁使劲地敲车窗,但车里没有任何反应。他又敲了几下,终于有人应了,探出一个湿漉漉的脑袋来,正是杰克!

"你知道吗? 我的劳斯莱斯现在也配了床啦!"彼得得意地说。

杰克看了看他,不屑地说:"我正在淋浴。你打断我,就是为了说这件事吗?"

(王贵明　编译)
(**题图**:李　加)

童话

　　一个男人到森林里去打猎,他走了好长时间,猎物没打到多少,却发现自己迷了路。他焦急地四处乱蹿,傍晚时候,终于在林中的一片空地上看见一座小木屋,屋子的前面坐着一个白发苍苍的老太太。

　　男人忙走过去问路,老太太非常和蔼地告诉了他。然后,她指着门前的一堆木柴,说:"小伙子,你能不能帮我把这堆柴劈了?"

　　男人迟疑了一下,老太太看出他有些不情愿,就说:"你帮我劈柴,我会十分感谢你的。"

　　"那……好吧。"男子挽起袖子,开始慢吞吞地劈柴。

　　老太太在一边问:"你知道我是谁吗?"

　　"不知道。"

"我说出来你千万别害怕。我是巫婆,因为我觉得你这人很善良,我会满足你的三个愿望。想一想,你要得到什么?"

男人眼睛一亮,有些不好意思地对老太太说:"我……不瞒您说,我想要一辆豪华的'奔驰'轿车。"

"好吧,一会儿你朝前走,然后向右转,你会看到公路边停着一辆崭新的汽车,那就是你的。说说你的第二个愿望吧。"

男人一听,高兴得几乎发疯。忙说:"我还想要一座漂亮的别墅,最好是在海边。"

"没问题,我满足你的愿望。坐上你崭新的汽车一直向前开,大约前行100公里就到了海边,那里有一座漂亮的别墅,就是你的了。好啦,请说出你的最后一个愿望吧。"

"哎,最后一个嘛……"男人的脸一下子红了,用手抓抓头皮。

"说吧,别不好意思,我会满足你的。"老太太鼓励他。

"嘿嘿,最后一个愿望就是……我……我想换一个老婆。我现在的老婆只知道上班、做家务、照顾孩子,还整天唠叨个没完没了,我想要一个年轻美丽的姑娘,让所有的人都羡慕我,她会对我无比忠诚,永不背叛。"

"好吧,走进别墅,一位美丽绝伦的姑娘会在那里迎接你。"

男人听老太太这么说,高兴得眉飞色舞,手中的活干得十分卖力,一会儿就把柴劈完了,然后拔腿就跑,想快点去实现自己的梦想。

突然,老太太在后面喊住了他:"你就那么着急吗? 最后我再问你一句,你今年多大啦?"

"三十五岁啦。"男人头也不回地跑着回答。

"哎,三十五岁的人了,怎么还相信童话呢?"老太太摇头叹息着。

（李　寒）

（题图:李　加）

想要离婚的女人

　　一天，一个中年妇女拽着她的丈夫来到法庭，请求法官准许他们离婚。女人一个劲儿地抱怨她的丈夫这也不好、那也不对，可是女人的丈夫却大声向法官声称："您千万别听她胡说八道，她说的话没有一句是真的！"

　　法官看了看女人，又望了望男人，然后开口说话了："好了，你们先别吵了。告诉我，你们结婚有几年了？"

　　"三年。"夫妻俩一齐回答道。

　　做丈夫的还补充了一句："我们都有三个孩子了。"

　　"哦，是这样。"法官低头沉思了很久，好像遇到了一个大难题，然后慢腾腾地说，"你们在一起生了三个孩子，可三个孩子没法平均分配。我看这样好了，你们干脆再在一起生活一年，等到一年后你们有了第四个孩子,到那时候你们再离婚,那么你们就可以一人分到两个孩子了。这样的判决你们总应该满意了吧?"

那个女人好像没太听懂法官的话似的,张着大嘴在那儿发愣。倒是她的丈夫脸红脖子粗地叫嚷起来:"法官,您的那个判决简直糟透了!您难道就没有想到吗,我们如果再生孩子的话,没准会生出一对双胞胎呢,到时候可怎么分呀?"

"双胞胎!"一听丈夫的话,女人激动地跳了起来,气愤地叫喊着,"法官,您甭听他吹牛。哼,我要是靠他,恐怕就连前面三个孩子也生不出来!"

(曾智平　编译)

(**题图:李　加**)

赶猩猩

有天早上,汤姆发现他后院的树上有只大猩猩,张牙舞爪,十分吓人。

他想起这几天动物园在电视台播的启事,说有只凶猛的大猩猩从笼子里溜出来,要市民小心,千万不要去招惹它,并且及时与他们取得联系。

于是汤姆连忙打电话给动物园。

不一会儿,动物园就派来一个人,这人带着一只高大威猛的狼狗,一个扫把和一把猎枪。

汤姆搞不懂:靠这些东西,怎么能捉住猩猩?

只见那人来到汤姆家后院的树下,抬头朝树上看了看,说:"不错,这就是那只逃出来的猩猩。"

那人把手里的猎枪交给汤姆,叮嘱道:"你一定要听仔细了,这非常重要,我必须得到你的配合。"

汤姆一听要他配合,心里有点紧张。

那人拍拍汤姆的肩,说:"我的要求其实很简单,但是请你听清楚了。一会儿,我爬上树去,用扫把把这家伙赶下来。等它掉下树来的时候,我那只训练有素的狼狗就会冲上来咬住它的脖子,然后我们就能把它制服……"

汤姆一听,指指手中的猎枪,不解地问道:"那这把猎枪有什么用呢?我该怎么配合你?"

那人说:"别急,我还没说完呢。你端着这把猎枪,记住,万一要是我被猩猩从树上赶下来,你就得赶快用这把猎枪打我的狼狗!"

(唐　慈)

(题图:李　加)

实物商店

　　有这么一家新开张的商店,店名起得很别致,叫"实物商店",店里的东西门类齐全,质量一流,价格又相当便宜。别样都好,只是商店有一个很奇怪的规定:顾客想买哪件商品,必须拿出足够的证明,否则就不卖给你。

　　有个男人叫雷科,他打算买几样新鲜蔬菜,那位蔬菜柜台的售货小姐毫不通融地说:"先生,您应该明白,生的蔬菜是没法吃的,这关系到您的健康。所以,您必须要证明您家里有一口可以把生菜煮熟的锅,铁锅、铝锅都可以,当然,火锅也行。"

　　就为买点蔬菜,雷科实在不想把家里的大铁锅搬来证明。巧的是家里的火锅正好坏了,于是雷科就对售货小姐说:"那我就把火锅也一起买了吧!"

谁知售货小姐却对她摇头："先生，我们这儿全是电火锅。为了保证您在任何情况下都能正常使用而不出意外，所以，您应该再买个充电瓶回去。"

雷科一听愣住了，就为买点蔬菜搞得这么复杂？他苦笑着摇了摇头，走了。

但因为这家商店离他家实在太近，所以过了几天，他不知不觉又走了进去。

他对一个看起来挺和气的圆脸小姐说："我想为我的儿子买点东西，但是他才两个月大，把那么小的孩子带到商店里来，显然是不合适的。请问能有其他解决办法吗？"

圆脸小姐果然好说话，她说："不来也可以，您只要出具有关的证明就可以了。"

雷科于是掉头就回家。

一会儿，他拿来一个塑料袋，笑容满面地递给圆脸小姐："不好意思，证明就在里面。"

圆脸小姐把手伸进塑料袋一摸，脸上不禁皱起了眉头："这是什么啊？"里面的东西湿漉漉、黏糊糊。

雷科说："小姐，是这样的，我想买一点尿布……"

（徐德银）

（题图：李　加）

差一点晕倒

这天,卡特一家在吃饭,卡特想测测儿子的智商如何,就说:"我问你,一张桌子被砍掉一个角,还剩几个角?"

儿子想了想,说:"爸爸,你问的是圆桌吗?"

"不是。"

"那肯定是四方桌了?"

卡特点了点头:"是的。"

儿子没有回答,冷不丁又提出了一个问题:"那……这桌子是用不锈钢做的吗?"

"不是。"

"是用木头做的?"

"对了。"

卡特和妻子都期待着儿子回答,可儿子歪着脑袋想了想,又提出了一个问题:"桌子是新的?"

"不是。"

"那就很旧了?"

卡特怔了怔,说:"算……算很旧了吧!"

儿子继续问:"爸爸,你问'桌子被砍掉一个角,还剩几个角',那么请告诉我,砍角时用的是柴刀、斧子还是军刀?"

卡特和妻子愣住了,茫然地摇头道:"不知道。"

儿子觉得很奇怪:"怎么能'不知道'呢? 既然不知道,那他又为什么要去砍呢? 砍掉一只角,是当柴烧,还是为了更适合房间的摆设? 还是一怒之下随便砍的呢?"

卡特感到有点烦了:"拜托了,我的孩子,不管为什么,你只要告诉我还剩几个角就行了,好吗?"

儿子点点头,说:"好的! 不过你得告诉我,砍桌子的人是男的还是女的?"

"男的。"

"身体很强壮吗?"

"是的,非常强壮。"卡特说完这话,已是满头大汗。

"好吧,我现在告诉你们标准答案——"儿子不慌不忙地答道,"这是个身强力壮的男性,他用尽全力,用柴刀或斧子一刀将桌子砍掉一角,这样桌子就剩下了五个角;但如果他是用军刀砍,而且有可能是为了适应房间摆设,一刀从对角线砍下去,那么桌子就只剩下三个角了;如果是用斧子,桌子又破旧,不堪负重,或者本想把它劈掉当柴烧,一刀砍下去,那桌子就不知道还剩多少个角了!"

卡特和妻子听了,差一点晕倒……

(李清文)

(题图:李　加)

儿子回来了

　　山田是个推销员，每天的工作就是到人家家里去推销他们公司生产的各类家电产品。

　　这天，他敲开一家人家的门，出来的是一个白发老头，山田恭恭敬敬地向他鞠了一躬。还没开口说话哩，谁知老头竟一脸惊喜地朝他喊起来："洋一？洋一，你真的回来了？"

　　老头又回头叫他老伴儿："老婆子，快出来，儿子回来了！"

　　老太太跌跌撞撞地出来一看，喊了声"洋一"，就捂着嘴，眨巴着眼睛，几乎要昏过去的样子。

　　山田知道闹误会了，刚要作解释，老头说："孩子，有话以后再说，快进来！你离开家的时候才小学六年级，看现在，都一表人才了！我们一直等着你回来，所以连这个旧门都不修理，不改原样……"老头一边说,一边就伸手要拉山田进去。

山田吓得转身就逃,心想:这对老人大概是走失了儿子悲痛至极,精神失常了吧? 真是怪可怜的。

回到公司,山田把遭遇给大家一说,有个老推销员笑他:"你上当啦,他们哪里有什么儿子,还'洋一、洋一'地叫,这两个人是因为日子过得无聊,才这样捉弄你的!"

山田挺奇怪:"你怎么知道?"

"那老头子家我去过!"

原来如此!

山田心里有点不平衡了:"好,我明天再去,我就假装是他们的儿子,看他们怎么样!"

"你算了吧!"

"为什么?"

"那回我也是气不过又去了,没料到老头子居然冲着我说是女儿回来了,还叫老太婆拿女人的衣服给我穿!"

(毛鑫亮 编译)

(题图:李 加)

好长的假期

弗雷德和比尔是城市流浪者,两人好逸恶劳,嫌每天晒太阳还不过瘾,一心想流浪到别的城里去。

一天,弗雷德兴奋地告诉比尔,他们可以搭免费车去爱丁堡。因为他注意到,北环路有家旅馆是个汽车集散地,那里每天有很多车去爱丁堡;司机们一般都把车停在旅馆外面的停车场,然后去旅馆吃饭休息,他们便可以趁这个机会躲上车……他把如意算盘如此这般给比尔一说,比尔连声叫绝。

于是第二天,他俩早早地便来到北环路,果然看见有很多卡车停在那里。不一会儿,他们就寻找到了目标:一辆标有"爱丁堡卡车公司"的卡车刚驶进停车场停稳,司机就跳下车进了旅馆。弗雷德看看周围没什么动静,朝比尔使了个眼色,两人就迅速跳上了这辆卡车的后车厢。不久,车厢外响起了司机的说话声,没多少时候车子就发动了,离开旅馆,在公路上飞奔起来。

弗雷德对比尔说:"看吧,我们一会儿就到苏格兰了,这个司机真是把车开得够快的。"

"他开得太快了,"比尔说,"我可不适应,他怎么开这么快?"

弗雷德乐了:"算了吧,我们睡觉。"

可比尔怎么也睡不着,忧心忡忡地说:"这车好像在抄小路走,为什么要走小路?我真想不通。"

弗雷德说:"想不通就甭想,睡觉吧,没事的!"

就在这时,只听外面传来"呜——呜"一阵阵尖叫声,而且声音越来越响,越来越近。弗雷德一惊:"不好,是警车来了!"

"警车?"比尔嚷道,"不好了,我们有麻烦了。"

"别慌!"弗雷德安慰比尔说,"也许是司机惹了祸,但与我们无关。请保持镇静,警察不会看到我们的。"

不一会儿,他们的车停了下来,弗雷德和比尔听到一阵嘈杂声。接着,"咔嚓"有个警察打开卡车后门,发现了他们,于是大声喊道:"出来,快出来!请你们不要惹麻烦!"

弗雷德辩解道:"我们没有犯法,我们只是搭车的。"

警察笑了:"你们还是老老实实交代吧,是不是合伙偷了这辆卡车?"

"偷车?"比尔哭喊着,"我们没偷车,我们根本不认识什么偷车贼!"他们拼命向警察解释,但警察不信。

警察说:"好啦,你们还是老老实实跟我走吧!"

这下好了,弗雷德和比尔的愿望终于可以实现了,警察给了他们一个长长的假期。不过这个度假的地方并不大,是个小房子,而且只有一扇小窗户。

(李　华　编译)

(题图:李　加)

嘲 讽 捉 弄

讽刺只是精致的游戏,若要战斗,就要有更尖锐的武器才行。

检查视力

　　琳达太太的儿子安迪今年才 18 岁,却成天好吃懒做,不学无术,游手好闲,琳达太太想了很多办法教育他,可都不奏效。

　　正在万分苦恼之际,一个朋友提议道:"干脆送他去当兵吧,据说这样最能锻炼人。"于是,琳达太太就决定送儿子到军营里去磨炼几年,学习生存本领。

　　听说要去当兵,安迪死活不答应:这差事又苦又累,打起仗来还有生命危险。见安迪千方百计要赖不肯去,琳达太太实在没办法,只得发出话来:"你不去参军,就不能享有财产继承权!"安迪这才无奈地答应去参加征兵体检。

　　这天,安迪偷偷溜到专门负责征兵体检的医院,试探地问医生:"像我这样体质差、不能吃、不能喝的人,参军合适吗?"

医生一眼就看穿了这号年轻人肚子里在打什么主意,他拍拍安迪的肩膀,说:"小伙子,不用担心,你完全合格。知道吗,现在前线给养困难,正需要像你这样的人。"

安迪听了差点背过气去。

回来之后,他约来几个狐朋狗友商量对策,一个叫汤姆的嘲笑他说:"你这小子太不灵活了,这有什么难的?你想啊,当兵首先要视力好,你装成个高度近视的样子,不就成了?"

安迪茅塞顿开,乐得一蹦老高。等到征兵办公室正式发来体检通知书时,他一阵窃喜,拿着通知书就直奔医院。

第一个体检项目就是检查视力。

进门时,安迪故意把眼睛眯起来,步子放得很慢,好像一不当心就要摔倒似的。来到医生面前,安迪说:"医生,我的眼睛不太好,要紧吗?"

医生看了他一眼,说:"没关系的,我先帮你测试一下。"

医生指着测试屏幕上几个很大的字母,问:"看得清这些字母吗?"

安迪摇摇头,大声说:"看不清。"

"走近点,现在怎么样?"

"还是看不清。"

"再走近点,怎么样?"

"还是不行。"

医生问一句,安迪就走近一点,最后竟然走到测试屏幕前了,他还说"看不清"。

医生一看他这副情形,忍住笑,说:"请你再走近一点,贴上来看,能看清吗?"

安迪心想:差不多了,见好就收吧。于是便点点头,说:"现在差不多了。"

他问医生:"您说,我这样的视力,当兵能行吗?"

　　医生笑而不答,拿来一把尺子,在安迪面前比划了一会儿。

　　安迪好奇地问:"医生,您这是干什么? 我的视力这么差,不能当兵了,对吗?"

　　医生摇摇头,对他说:"我刚才量过了,你的眼睛距离测试字母只有50厘米。我看你这么着急地想知道检查结果,一定很想当兵吧? 这样吧,为了不让你失望,我考虑就在视力这栏里填上你'适合白刃战',以后你就能专门和敌人面对面地搏杀了,多刺激啊!"

　　"天哪!"安迪两眼一黑,晕倒在医生的怀里。

(洪振坚)

(题图:箭　中)

还拉线绳干吗

　　新登基的国王,是个名副其实的大草包。他在跟外国来的使者谈话的时候,一会东拉几句,一会西扯几句,话是说了一口袋,可没一句讲在点子上,还经常出丑丢人,惹得大家哄堂大笑。

　　于是国王请了一个谋士。

　　谋士建议国王说:"陛下,从今日起,您临朝登上王座后,我找一根长长的线绳,一头拴在您的脚上,一头拉在我的手里。要是您说得入情入理,我就不动;要是您说得牛头不对马嘴,我就赶紧拉一下线绳,您就别往下讲了,立即闭口。"

　　国王听了,连声说好。

　　第二天,邻国来了一位使者,国王接见的时候问他:"贵国的猫呀狗呀,欢乐愉快吗? 牛呀羊呀,平安健康吗? 还有……"

　　谋士见国王说话跑题了,就赶紧把线绳拉了一下,并对那位使者解释道:"我王博古通今,学问深奥。每讲一句话都言在此而意在彼,非寻常人所能理解。刚才他说的猫呀狗呀,是指贵国的文武百官;牛呀羊呀,是指贵国的黎民百姓。"

　　使者听了谋士的解释,也不是很能理解,但为了表示礼貌,就站起来对国王说:"敬佩! 敬佩!"

　　谁想到,国王脸色大变,直着脖子大骂那位谋士:"混蛋! 既然我说的话含义如此深奥,你还拉拴在我脚上的线绳干吗?"

（殷　妍）

（题图:李　加）

艺术马桶

　　有六个阔佬,分别是日本人、俄国人、法国人、挪威人、德国人和美国人。他们一同去逛商场。因为富有,他们已经几乎没有什么需要购买的了,只有那些稀奇古怪的东西,才能够吸引他们的注意力。

　　适逢商场正在大肆宣传刚进的艺术马桶,六个富翁便都停下来观看。看了一会儿,其中一个人提议:"这样新奇的马桶的确很不一般呀,买一个试试怎么样?"因为都是富翁,所以谁也不甘落后,于是每个人都买了一个回去。

　　日本人爱干净,买了一个超级卫生马桶;俄国人喜欢有质感的东西,买了一个花岗岩马桶;法国人看重艺术,买了一个彩绘马桶;挪威人青睐木制品,买了一个纯木马桶;德国人崇尚高科技,买了一个电脑全控马桶;美国人偏重自由轻松,买了一个音乐马桶。

一个月后,六个人在一次商务会谈中再次凑到了一块儿,闲聊的过程中,话题不知不觉转到了上次购买的马桶上。

日本人愤愤不平,抢先发言:"该死的超级卫生马桶,我已经退货了。说明书上说,每次使用后马桶都会自动消毒,并在马桶圈上喷涂塑料薄膜,可现在程序全乱套了,我还没有站起来,它就开始在我屁股上喷薄膜了!"

俄罗斯人接着抱怨:"该死的花岗岩马桶,我也已经退货了。这些人把花岗石打磨得也太光滑了,一坐上去马上就滑下来,摔了好几次,没法方便倒是另说,屁股都摔青了!"

法国人也不甘落后,骂道:"该死的彩绘马桶,我也退货了。那彩绘的印刷质量也太差了,老是掉色,马桶圈上的画儿,现在全都跑我屁股上去了!"

挪威人更是火冒三丈:"该死的纯木马桶,我早退货了! 什么质量? 出厂的时候不知道有没有把关,还说完全按 ISO9000 进行管理,我方便完一站起来,满屁股木头渣子!"

德国人这时也忍无可忍了:"该死的电脑全控马桶,我也要退货! 也不知道采用什么操作系统,老是死机,我才方便到一半,它就开始叫唤:'现在马桶电脑已经死机,请您穿上裤子站起来,盖上马桶圈,盖上马桶盖,然后再揭开马桶盖,揭开马桶圈,再脱下裤子重新坐下,马桶电脑就能重新启动。谢谢! 技术支持电话12345678。'哼!"

最后轮到美国人,他愤愤地说:"该死的音乐马桶,不退货不行了! 本来说它存有三千首歌,方便的时候可以随机播放,结果十有九次它都播同一首歌——美国国歌,害得老子一坐下就得马上提裤子站起来敬礼!"

(吴雄强 整理)

(题图:李 加)

回
家

　　洛希喝醉酒后回家,站在门外却不进屋。

　　不一会儿,他妻子从外面回来,见丈夫这个样子,不禁问道:"你怎么站在这里不进屋呢?"

　　"嘿,你不知道,"洛希醉眼蒙眬地说,"我喝醉了酒进屋去,老婆她又是打又是骂,真让人受不了!"

　　妻子生气了,大声吼道:"洛希,你睁开眼睛看看我是谁!"

　　"哼!"洛希嘟哝着说,"你不就是个女人嘛!"

(阎树声　编译)

(题图:李　加)

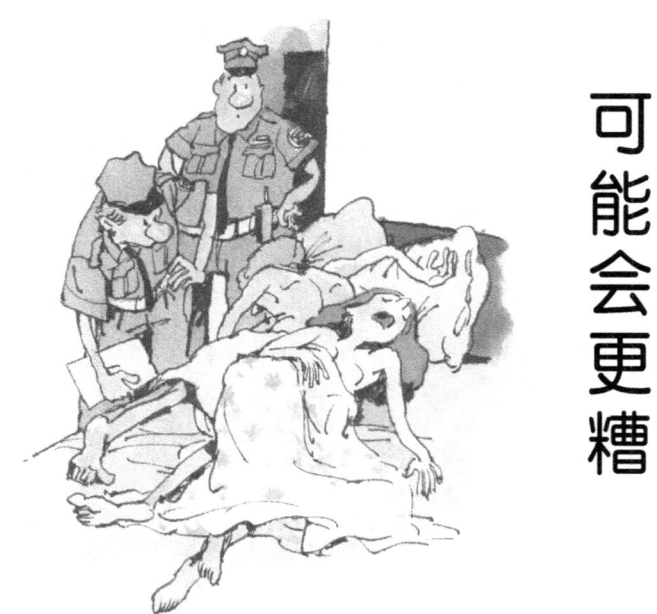

可
能
会
更
糟

　　有一位老治安官,不管遇到什么事,总喜欢说:"事情可能会
更糟。"

　　有一天,他手下的两个警员汤姆和约翰,接到一个报警电
话,报警人声称在一座农舍里发生了一起凶杀案。于是汤姆和
约翰立刻根据报警人提供的线索,来到发生凶杀案的农舍,勘察
现场。

　　在农舍卧室里,他们发现了一男一女两具裸尸,身上有明显
的枪伤,很显然,这两个人是被枪杀的。接着,他们又在起居室
里发现了一个男人的尸体,旁边还有一支手枪。

　　"毫无疑问,"汤姆对约翰说,"这是一起谋杀兼畏罪自杀案
件。我估计,肯定是这个家伙回家后发现他妻子和另一个男人

在床上,就开枪把他们打死了;然后,他自己又开枪自杀。"

"你的判断有道理。"约翰点头说,"我也认为这是一起谋杀兼畏罪自杀案件。但是,我敢打赌,等会儿老治安官来了,他一定会说'事情可能会更糟'。"

"不可能吧,"汤姆不同意他的看法,"事情怎么可能还会比这更糟呢?这没有道理呀!这座房子里只有三个人,而他们又全都被枪杀了,事情不可能比这更糟了。我敢和你打赌!"

他们正说话间,老治安官来到了现场。

老治安官走进卧室,一眼就看见那两具裸尸,然后,又在起居室看见那个躺在地上的男人和他身边的那支手枪。

"毫无疑问,"老治安官边摇着头边说,"这是一起谋杀兼畏罪自杀案件。这个家伙回到家里,发现他妻子和另一个男人在床上,就用枪把他们打死了;然后,他自己又开枪自杀。"

说完,他沉思了一会儿,然后直视着他的两位警员的眼睛,说:"不过,你们知道,事情原本可能会比这更糟。"

汤姆顿时气急败坏地跳起来:"怎么可能还会比这更糟呢?这所农舍里只有三个人,而他们全都死了,不可能还会有比这更糟的事情了!"

"怎么不可能?"老治安官反驳道,"你们看见躺在地上的那个家伙了吗?如果他早一天回来,那么死在床上的那个人可能就是我了!"

(李荷卿　编译)

(题图:李　加)

交换身体

　　有个男人觉得自己活得很辛苦,于是他就向上帝祷告:"主啊,我每天很辛苦,可我老婆一点也不知道体谅我,我希望她能知道我过的是什么日子,所以请让我们交换身体。"

　　上帝是慈悲为怀的,他以无尽的智慧和力量,满足了这个男人的愿望。

　　这一天早晨,这男人一起床就发现自己果然成了女人,女人是不能睡懒觉的,他要马上起床,做早点,叫醒孩子们,替他们穿衣,帮他们喂饭,送他们上学,回家路上还要到银行存钱,到菜市场买菜,然后回家把菜放在一边,先得记账,清理了猫的食盆后再替狗洗澡……

　　做完这一切,已经是下午一点钟了,他匆匆吃了点饭,赶快把棉被折好,接着洗衣服,擦地板,整理厨房,然后到学校接小孩,回家给孩子准备点心和牛奶,让孩子乖乖地做功课,自己一边烫衣服一边看电视;下午四点半,他开始削马铃薯、洗菜,准备做色拉、烤肉饼;晚餐后他又要洗碗、清扫厨房,叠衣服,哄小孩睡觉……

　　一直干到晚上九点,他已经累坏了,上床就想睡觉,可他的"丈夫"还不罢休……

　　于是第二天早上,他一起床,就迫不及待地向上帝祷告:"我亲爱的主啊,我不知道以前自己在想些什么,现在我才知道大错特错了。求求您,让我和老婆各自把身体换回来吧!"

　　上帝回答他说:"孩子,我知道你已经得到了教训,而且我也非常乐意把你们换回来……"

　　男人听上帝这么说,总算松了一口气。

　　谁知上帝刚才并没有把话说完,上帝告诉他:"但是,你还要等九个月……"

　　男人叫起来:"什么,再等九个月? 这是为什么?"

　　上帝说:"因为昨天晚上你怀孕了!"

（俞乐鸣　供稿）

（题图:李　加）

请到下站

彼特忙完手头工作，走进车站理发店时，已经是深夜了。理发师一见彼特，立刻微笑着说："非常抱歉，按照规定，我只能为手里有车票的乘客服务。请您出示一下您的车票好吗?"

彼特为难地说："对不起，这么晚了还来打搅您，真是不好意思。可是我明天上午有个应酬，而您现在店里又没有其他顾客，是不是可以照顾照顾，帮我把头发修理一下?"

理发师摇摇头，严肃地说："不好意思，尊敬的先生，我必须遵守店规。"

彼特没办法，因为他知道，附近再没有理发店了。他想了想，走出理发店，来到车站售票窗口，对年轻的售票小姐说："请给我买一张火车票。""您上哪儿?""只要离车站最近的，哪儿都行。"售票小姐觉得很奇怪:"先生,看来您并没有确定要到哪儿去。那您急着买票干吗?"彼特解释说:"小姐,您说得对,我确实不想到哪儿去。可是这儿的理发店没车票就不能理发,而我现在必须把我的头发修理一下……""哦,是这么回事!"售票小姐忍住笑,给彼特出了一张最近的"下一站"布尼站的车票。

彼特拿着票兴冲冲回到理发店,大模大样地往理发椅上一坐,对理发师说:"请看,这是我的票。现在,请您先给我刮一下胡子吧!"

谁知理发师接过彼特递来的车票,认真地看了一下,还是摇头:"尊敬的先生,如果您只是为了到我这儿刮脸才买车票,那么您就难以达到目的了。因为,我们这儿是专门为来往的乘客服务的。"

"可是我已经买了车票了呀,难道您非要我上车成为乘客以后,才肯为我刮脸?"

理发师悠然地回答说:"只有这个办法,不然的话,尽管您手里有车票,也不能算是真正的乘客。尊敬的先生,我劝您还是放弃这种打算吧!"

彼特一听,气得"哇哇"大叫。

理发师见他怒发冲冠的样子,想了想,随后拿起电话拨了一串号码……

打完电话,他对彼特说:"好了,尊敬的先生,您可以刮脸了。"

彼特不免有点惊讶:"总算可以了?"

理发师朝他微微一笑:"不过不是在这儿,而是在您要去的下一站——布尼车站,那里的理发师再晚也会等着您的!"

(岳胜利 改编)

(题图:李 加)

跑 得 快

　　一个日本商人去欧洲参加会议,走出机场,他叫了辆出租车去宾馆。

　　出租车开出没多久,就被一辆红色的小汽车超了过去。日本商人一看,兴奋地朝司机叫道:"嗨,'本田'! 我们日本造的。你看,跑得多快啊!"

　　话音刚落,一辆白色的小汽车又风驰电掣般地从他们身边开过。日本商人一看,又朝司机大喊起来:"啊,'丰田'! 又是我们日本造的。你看,跑得多快啊!"

　　他话音没落,只听"呼"的一声,又一辆小汽车从他们身边呼啸而过。日本商人激动得在车里挥着手喊道:"哇,'三菱'! 又是我们日本造的!"

　　司机在后视镜里看看日本商人,什么话也没说。

　　不久,宾馆到了,出租车稳稳地在宾馆门前停了下来。

　　司机扫一眼计价器,说:"280 欧元。"

　　日本商人两只小眼睛瞪得溜圆:"什么? 这怎么可能? 从机场到这儿没多少路啊?"

　　司机微笑着说:"哦,这计价器也是日本造的,你看,跑得多快啊!"

(陈祥新　供稿)

(题图:李　加)

证

据

有个渔夫在河边钓鱼,来了一个穿西装的人,看到渔夫钓的鱼很多,便也要在这里下米,做窝引鱼。

渔夫说:"先生,这个地方的水里我已经做了窝了,请你换个地方吧。"

穿西服的人说:"不行,你说你已经下了窝,有什么证据吗?告诉你,我可是个律师。"

渔夫说:"我已经在这里钓了很长时间了,这鱼篓里的鱼就是证据。"

那个律师说:"这算啥证据?谁知道你这鱼是不是在这里钓的呢,你拿不出人证物证,我是不会换地方的。"

渔夫急了:"这河边就我一个人,哪来的人证?米撒到河里就看不见了,我上哪儿去拿物证?"

律师强硬地说:"现在是法制社会,什么事都要有个证据,不能由着你瞎说。"

渔夫很生气,但又没法说过律师,只好求他:"你钓鱼是消遣,我钓鱼是为了养家糊口,就请你帮帮我的忙,换个地方,我谢谢你啦!"

可是,那律师依然一副蛮横无理的样子,讥讽渔夫说:"这条河又不是你的,凭什么你能在这里钓,我就不能?法律面前人人平等,你不懂法律,又无知又愚蠢,是要受到惩罚的。"

渔夫气极了,伸出右手扇了律师一个耳光,律师的左脸立刻就肿了起来。

律师捂着左脸叫了起来:"你这个野蛮家伙,怎么可以打人?我要到法院去告你!"

渔夫说:"现在是法制社会,告状是要有证据的。"

律师说:"怎么没有证据,人的脸两边都是一样的,你看我这脸,左边高,右边低,这就是最好的证据。"

渔夫一听,立即伸出左手,照着律师的右脸重重地打了上去:"这下两边一样了,看你再拿什么去做证据!"

(武　浩)

(题图:李　加)

失窃以后

　　这天晚上，刘易斯夫妇回到家中，发现客厅里一片狼藉，家里被小偷光顾了，于是立刻打电话报警。没几分钟，一辆警车呼啸而至。警方勘查完现场，刘易斯夫妇把房间清理了一下，发现除少了零钱，其他基本没什么损失，这才松了一口气。

　　第二天天还没亮，他们家的门铃又骤然响起，刘易斯吓了一跳，透过门孔，他发现来者是一位靓丽的小姐，这才放心开了门。

　　只见小姐面带悲戚地说："听到你们家被盗的消息，我们很难过，是我们工作没有做好啊！"

　　刘易斯猜想这位小姐也许是警方派来的，不知道警方什么时候开展了这项礼仪业务？昨夜刚发生案子，今天一大早就上门慰问来了，他心里非常感动。

没料那小姐紧接着却拿出一叠花花绿绿的广告纸,介绍道:"我是防盗公司的业务员,这是我们公司改良过的智能防盗门、防盗窗……"

刘易斯一看,真是气不打一处来,他朝那小姐挥挥手,说:"去去去!当初就是在电视上看了你们公司的产品介绍,才特地去买来安上的,没想到这么不顶用。你还是趁早给我走人!"

刚打发走这个小姐,电话铃响了,刘易斯一听,是一个先生打来的:"您好,我们是保险公司的,听到您家被盗的消息,我们深表同情。这里,请允许我善意地给您提个醒:先生,您为什么不买一份财产保险呢?"

什么乱七八糟的东西!刘易斯"啪"地把电话挂断了。

谁知这时,门铃又响了。刘易斯打开门,见又是一位漂亮小姐,他气呼呼地问:"什么事?"

小姐细声细气地说:"先生请息怒,因为生气会造成衰老。我是回春美容院的……"

刘易斯简直气坏了,没让她把话说完,就"砰"地把门关上了:"什么乱七八糟的东西!"

刘易斯夫人也很生气,干脆去把门铃里的电池拿掉了。

就在这时,该死的电话铃又响了,刘易斯一把抓起电话,没好气地说:"告诉你,我们家没有被盗。"

"什么?没有被盗?那昨天你们报什么警?"

"你是……"刘易斯有些摸不着头脑。

只听电话那头说:"我们是州安全监察部的,想核实一下你们家的治安费交了没有?"

"那我们撤警还不行?"刘易斯快撑不住了。

"笑话,你以为要报就报、要撤就撤啊?"

(珠　珠　改编)

(题图:李　加)

荒诞离奇

一切荒谬可笑的事物,都包含了某种"不致酿成伤害和痛苦的缺陷或丑"。

出手不凡

　　汤姆是清华大学的美国留学生,暑假里,他到一家烤鸭店打工,在大堂当服务员。

　　这一天,烤鸭店来了一位胖老头,刚刚坐定,就点名要吃正宗的北京烤鸭。

　　汤姆将鸭子送到老头面前,拿起刀就要切,老头说:"慢!"

　　老头扳开鸭子的嘴看了看,点点头说:"这是当年的鸭子。"又伸手摸了摸鸭子的屁股,却连连摇头,对汤姆说:"端回去换一只,你们不能这样糊弄顾客!"

　　汤姆奇怪道:"怎么了?"

　　老头说:"这是一只南京产的鸭子,南京鸭只适合做板鸭,做烤鸭味道不正!"

汤姆半信半疑地将鸭子端到后厨，一问，这炉鸭子果然是从南京运来的。

汤姆又端了一只鸭子给老头，请他过目后，拿起刀来刚要切，老头又拦住了他。

老头扳开鸭子的嘴看了看，摇摇头说："这是只老鸭子，四岁了。"又伸手摸了摸鸭子的屁股，生气地说，"端回去吧，这不是正宗的北京鸭子。"

汤姆张大了嘴巴："还不是？"

老头把头摇得更起劲了："这是白洋淀湖鸭，最好下蛋腌着吃，做烤鸭就差了许多。"

汤姆只好把这只鸭子又端回去。一打听，一点不错，昨天是有个小贩送来一批湖鸭，老板贪便宜，买下了。

汤姆不由对老头佩服极了，他二话不说，自己在厨房里挑了一只上好的鸭子，给老头端出来，恭恭敬敬地放他的餐桌上。

老头还是扳开鸭嘴看，还是照准鸭子屁股摸，还是一个劲儿地摇头："这还不是正宗的北京鸭，是山东肥鸭，炖着吃鲜美无比，做烤鸭就……"

谁知老头话没说完，汤姆抄起鸭盘子掉头就跑，过了很长时间也没露面，直到老头都等急了，汤姆才端了一只鸭盘子气喘吁吁地回来。

他把盘子往老头面前一放，顾不得擦额上的汗，两只眼睛一眨不眨地瞪着老头。

老头照例先扳开鸭子的嘴，看了看，说："第二年的鸭子。"再摸摸鸭屁股，突然脸上显出惊异的神情，"咦，这好像是只……美国印第安纳鸭子，最适合炸着吃。怎么，你们烤鸭店还从国外进鸭子？"

汤姆顿时激动万分，扑上去拥抱着老头喊起来："真是太神奇了！老人家，您居然连美国鸭子的产地也分得出来？真是太伟大了!"

这只鸭子的确是汤姆刚刚从麦当劳的加工场买回来,然后请店里厨师加工做成的。

汤姆对老头简直佩服得五体投地,他兴奋地弯下身,张开嘴巴,拉着老头说:"老人家,您快看看我的嘴!"然后又转过身去一撅屁股,"老人家,请您再摸摸我的屁股。"

老头吓了一跳,莫名其妙地看着他。

此时,汤姆已经激动得热泪盈眶了:"老人家,我自小是个孤儿,老家在哪里,自己到底是多大岁数,都不清楚。求求您了,给我看一看、摸一摸吧……"

(黄 胜 搜集整理)

(**题图**:李 加)

试制品

　　有一位科学家，在远离城镇的一片树林里建了个研究所，独个儿在里面研究，要搞个新发明，为人类作点贡献。至于发明什么，那可绝对保密，两年过去了，外界根本无人知晓。

　　有一天，一个大汉闯进了研究所，科学家深感意外，便问："你是……"大汉说："我是强盗。少啰唆，老老实实把钱交出来！"说着，掏出了一把手枪。

　　科学家镇定下来，平静地说："哎呀，你找错门啦，我是个普通的科学家，现在正在做一项研究，比你还穷呢！""你若真没钱，那就把你研究的新产品交出来，让我拿去换些钱花。""那不行，你要知道，拿人家的科研成果换钱是很不光彩的事情啊！""嘿嘿，看来，只好我自己动手了。"

强盗说完,一把抓住科学家的手,在研究所里乱翻起来,可是经过好一阵折腾,连个有点试制品模样的东西也没找到。最后,他发现了一间小小的地下室,不禁一阵开心,但进去一看,里面空空荡荡,除了几张桌子、几把椅子以外,啥也没有。强盗十分恼火:"你要真的不想交出来的话,我也不会白白放过你的。"科学家也不示弱:"哪怕你用枪把我打死,我也不会交给你的。""不,不,我不会打死你,但我有办法让你乖乖地把试制品交出来。""你究竟要把我怎么样?""这很简单,我把你关在这个地下室里,用不了几天,你就会饥肠辘辘。直到你向我求情,愿意交出东西,我才放你出来,你看怎么样?"

科学家斩钉截铁地说:"你的如意算盘打得不错。不过,你就是再厉害,我也决不会交出研究成果!"于是他被关进了地下室,强盗坐在门口,等着他投降求饶。

一天过去了,两天过去了,到第三天,强盗耐不住了,隔着门大声问道:"喂,肚子饿了吧!想不想出来吃一点?"科学家在里面同样大声地回答:"不,我肚子饱着呢!""算了吧,你别打肿了脸充胖子,不吃东西会饿死的。""你放心,我死不了,不信我唱个歌给你听。"科学家说完,还真放声大唱起来,听得出,他的中气还挺足。

就这样一连过了10天,科学家还是精神十足,强盗反而支撑不住了,不仅食物已快吃完,而且在门外日夜守着,吃不好睡不香,真有点度日如年的感觉;而里面那个科学家什么也不吃,却大声说话,高声唱歌,真够邪门的。想到这些,强盗有些害怕了,于是来了个脚底抹油,悄悄地离开了这让人捉摸不透的研究所。

科学家总算平安无事,他面对那些被自己吃剩下的桌椅,长长叹了一口气,嘟哝道:"唉,幸亏他没发现我的试制品就是这些可以吃的桌椅呀!看来这些东西营养价值还不错,就是味道可以搞得再好一点。将来宇宙飞船啦、行星基地啦,用得上这些奇特桌椅的地方多着哪!" （吴文昶 讲述）（题图:李 加）

机密任务

迈克是中央情报局的工作人员。这天,上司给他一个机密任务:到佛罗里达的一个小镇上去找一个叫布尔逊的情报员交换情报,上司还给了他一个接头暗号:苹果——草莓。

到了小镇,迈克决定先了解一下情况,便若无其事地找一个杂货店老板聊起来:"……你们这儿是否有一个叫布尔逊的人?"

"你要找布尔逊?"老板说,"我们这儿布尔逊可多了,有个做神父的布尔逊,有个做屠夫的布尔逊,还有个做老师的布尔逊。我也叫布尔逊,我是开杂货店的布尔逊。"

这下迈克可为难了,他犹豫了一下,决定用接头暗号,于是,他谨慎地瞟了一下四周,轻声说:"苹果——"

"哦,我知道了,"杂货店老板恍然大悟,"你要找的是做间谍的布尔逊!"

　　　　　　　　　　　　　　(莫　凡)(题图:李　加)

专利捕鼠器

　　一天,专利申请局里来了个长得呆头呆脑的男人,他找到负责专利申请的官员,说:"先生,我要申请一项专利!"

　　官员抬起头,好奇地问:"你要申请什么专利呢?"

　　这个男人走到一块黑板前,拿起一支粉笔,在黑板上画了一个方盒子,说:"这是我发明的一种捕鼠器!"然后他在盒子的一端画了一个洞,说,"这是一个洞!"接着又在洞里画了一个圈:"这是一块奶酪!"最后,他在洞的上方画了一个小方块:"这是一把刀!"

　　男人指着自己的画,解释道:"老鼠看到洞里有奶酪,就把头钻进去,刀落下来,把老鼠杀死了! 这就是我的专利。"

　　负责专利申请的官员哭笑不得,他看出这个男人脑子有点问题,就安慰他:"这个东西现在还不能申请专利,你再做点加工,说不定以后可以达到申请专利的标准呢。"

男人听了,点点头,走了。

过了一个星期,这个男人又来了,找到上次接待他的官员,说:"先生,我要申请一项专利!"

官员认出是他,问:"你又有什么东西要申请专利呢?"

这个男人走到黑板前,画了一个和上次一样的图,只是把刀改成了一条绳子。他指着画说:"这是我发明的捕鼠器!这是一个洞!这是一块奶酪!这是一根绳子!"他解释道,"老鼠看到洞里有奶酪,就把头钻进去,绳子套住它的脖子,就把它勒死了!这就是我的专利。"

官员叹了口气,耐着性子,好言好语地对他说:"你的这个发明还是不能申请专利,你再回去想想吧。"

男人听了,点点头,走了。

第三个星期,这个男人兴高采烈地来了,他对官员说:"先生,我要申请一项专利!"说完,就在黑板上又画了同样的一幅图,只是这次他没有画奶酪,还把绳子换成了一根锯条。

他指着画,对官员说:"这是我发明的捕鼠器!这是一个洞!这是一把锯条!"

官员又好气又好笑,故意问他:"洞里的奶酪呢?这次怎么没有奶酪了?"

男人说:"对呀,这就是我要申请的专利!老鼠看见了这个洞,它也觉得奇怪:洞里的奶酪呢?这次怎么没有奶酪了?于是它把头探进洞里,这个样子……"这个男人一边说,一边做着示范,伸长脖子,把头转来转去,"它把头扭来扭去找奶酪,结果——'咯吱咯吱'——上面的锯条就把它的头锯下来了!"

(谢　东)

(题图:李　加)

教训

　　小学教师叫班上每个学生讲个故事,然后说明故事的教训。

　　玛利第一个说:"我父亲有个农场,每星期我们把鸡蛋放进一个篮子,用车运往市场。有一天,因为路面凸起,车子颠簸,篮子从车里飞出来掉在了地上,里面的鸡蛋都碎了。故事的教训是,不要把你所有的鸡蛋都放在一个篮子里。"

　　第二个说故事的是露西。"我爸爸也有一个农场,"她说,"一天,我们把 12 只鸡蛋放进孵卵器,但只有 8 只孵出了小鸡。故事的教训是,不要蛋未孵出就数鸡,如意算盘往往不可靠。"

　　教室里气氛很活跃,同学们争相发言。

　　最后一个说的是比利。"我叔父打仗的时候是开飞机的。有一次,他的飞机被敌人击落,他用降落伞跳到一个敌军占领的小岛上,身边除了一瓶药用威士忌外,别无他物,"比利说,"后来,叔父被 12 个敌人包围了,他喝下那瓶威士忌,然后赤手空拳把敌人都打死了。真是了不起。"

教师问:"这个故事给我们的教训是什么呢?"

"教训是,"比利说,"叔父喝酒的时候不要打扰他。"

(樊 伟 编写)

(题图:李 加)

神奇的公鸡

　　一个农场主花了很多钱买来一批母鸡,想靠卖鸡蛋赚钱。不料母鸡一只只无精打采,总是不生蛋。他很着急,去请教专家。

　　专家问明情况以后,告诉他:"鸡也是动物,也有生理需求,所以你应该再去买一批公鸡。"

　　可是农场主已经花了很多钱,口袋里的钱只够买一只公鸡的了。没办法,他只好就买了一只公鸡回来。

　　这一只公鸡面对着几百只如狼似虎的母鸡,有心杀贼,无力回天,没几下就累倒了。

　　农场主苦思冥想,想出了一个好办法。他把本来打算给自己服月的珍藏了很久的伟哥拿出来,混在鸡饲料里,喂给公鸡吃。

公鸡吃了伟哥以后，果然如虎添翼，没用一天的工夫就将鸡场所有的母鸡搞定了。母鸡们得到爱情的滋润以后，下蛋也勤快多了。可没想到第二天，那只公鸡意犹未尽，跳过围墙，来到隔壁农场的鸭舍，将几百只鸭子全部搞定。第三天公鸡还是勇不可挡，飞过小河，来到对面农场的养鹅场，将几百只鹅全部搞定。

终于，第四天农场主一出门，看到公鸡躺倒在地上，奄奄一息。

这时候，天上有几只苍鹰正在盘旋，伺机扑下来将公鸡美食一番。农场主眼圈一红，心里念在公鸡为养鸡事业作出过巨大贡献的分上，决定替它收尸。

农场主走到公鸡身边，垂泪道："都是我害了你呀。"

不料公鸡开口说道："嘘，别出声，等那几只老鹰下来，我把它们也搞定。"

（谭　巍）

（题图：李　加）

节约新概念

　　某节能委员会开会，商讨如何才能更加有效地节约能源。

　　会议进行中，有位委员站起来发表自己的高见："当前，我们首先要在丧葬方面进行改革，我建议以后死者不准使用棺材，怎么办？用塑料袋来代替。这样的话，可以节省许多木材。"

　　他的发言博得会场上一片掌声。

　　第二位委员不甘示弱，站起来说："我建议，尸体以后也不要横着放，而是竖着放。这样做的好处是可以节省土地！"

　　会场上掌声雷动。

　　第三位委员迫不及待地补充道："我也有个建议，除了把尸体装在塑料袋中以及竖着放以外，还可以让尸体一半埋在地下，另一半露出地面。大家想想看，这样有什么好处？"

大家听了直摇头。

这个委员得意地说:"可以节省立墓碑的费用!"

此言一出,大家先是一愣,最后会场上爆发出热烈的掌声。

会议圆满结束。

(安　迪　编译)

(题图:李　加)

两个酒鬼

　　杰克是个酒类推销员,也是个酒鬼。这天晚上,他又喝了不少酒,然后开着那辆老掉牙的黄色轿车来到4号大街。

　　这时,从黄色交通岗亭里走下一个腆着啤酒肚的胖交警,摆摆手拦下了他的车。

　　胖交警瞟一眼杰克通红的醉脸,说:"看你的车满大街扭屁股,就知道你喝醉了。请把驾照交出来,再准备50美元罚款。"

　　杰克红着眼睛说:"先生,您搞错了,我没喝酒,一点没喝。"

　　胖交警低下头,用通红的酒糟鼻子闻闻杰克的嘴,"嘿嘿"一笑,说:"胡说!你喝了杜松子酒,蓝斯丽牌的,而且,至少喝了半公斤以上!"

　　杰克一惊:他猜得一点没错。不用问,他也是个大酒包。

　　可杰克不愿掏钱,就对胖交警说:"警官先生,哪条法律允许您用鼻子闻一闻就罚款啦?"

　　胖交警想想也对,就让杰克下车,抬起一只脚,做"金鸡独立"的姿势。他对杰克说:"这是州里最新实行的一种检测醉酒的新方法,如果你这个姿势不能保持30秒,就是喝醉了,我就有权罚你。"

　　杰克站着都打晃儿,更甭说"金鸡独立"了,"立"了几次都险些摔倒。

　　胖交警一笑,说:"怎么样,没话说了吧?你还是老老实实交钱吧!"

　　杰克实在心疼那50元美金,他眼珠一转说:"我不信!这种测试不合理,难度太大,我不会做,换你也做不来。要不你试试?"

　　胖交警生气地说:"我试它干什么?"

　　杰克笑着从车里拿出一瓶10年陈酿的白兰地,说:"老兄,咱俩打个赌,你不用立30秒,只要能保持这个姿势立上3秒,我就认输,不但交罚款,还把这瓶美酒送给你。"

　　胖交警也是个喝酒爱好者,一见这陈年美酒,就难以自持了。他见四周无人,迅速抬起一只脚,飞快地数完3个数,放下脚说:"你输了,把酒给我吧!"

　　杰克笑笑,换了一瓶20年的白兰地,说:"别急。如果你不但保持这个立姿,而且还能举起双臂,学鸡的样子扇两下翅膀,我就再把这瓶20年的美酒送你!"

　　这瓶酒比前一瓶更好,于是胖交警又按着杰克的要求做了。

　　谁知杰克还没完,他又拿出一瓶50年的白兰地,说如果胖交警不但用这个立姿立在他车子的后备箱上,而且再学一声鸡叫,就把这瓶酒也给他。

　　胖交警心里乐开了花,他二话不说就走过去,蹭着后保险杠爬上杰克车子的后备箱,单腿独立立在那儿。他正要学鸡叫,谁料杰克此时突然发动起车子,胖交警被闪了一下,酒桶似的身子"咕咚"从车上滚下来。

胖交警摔了个嘴啃泥,杰克的车却飞快地跑了。

过了几天,当杰克开车又经过4号街那座黄色岗亭时,胖交警怒气冲冲地扑上来,他的嘴上缠着纱布,没法说话,但那表情恨不得一口咬死杰克。

胖交警押着杰克来到交警队,队长沉着脸问怎么回事,杰克吞吞吐吐地说,是他不小心把胖交警摔下了车。杰克原以为队长一定会狠狠处罚他,可谁知队长狠狠瞪了胖交警一眼,随后非常客气地向他道歉,说他没事,可以走了。

杰克懵了,不明白是怎么回事。

他刚一出门,就听队长对胖交警吼上了:"我说约翰,你是不是又在值班时间喝酒啦? 上次你就是喝醉了酒,把人家黄色轿车误当成岗亭爬上去,摔了个'狗啃屎',没想到这种笑话这么快就又重演了。你到底还想不想干下去?"

(李萌溪)

(题图:李 加)

谁是变态狂

　　爱丽丝小姐长得异常丑陋，满脸疙瘩不说，五官的组合也不对头，因此人到中年还没谈过一次恋爱。

　　尽管爱丽丝的行为非常怪异，但她又是一个十分爱面子的女人，她常常对邻居说，自己老是遭到一些男人的骚扰，有些男人不惜用一些下流的手段来调戏她，她感到十分害怕。

　　一天晚上，爱丽丝惊恐万状地打电话到警察局，她在电话里尖声尖气地叫道："警官先生，我遇到了一个下流男子，他就住在我对面的楼里。这家伙是一个可怕的变态狂，他总是在我眼皮子底下脱得一丝不挂。你们得赶快来人，否则真不知道他还会干出什么事来！"

　　接警的是哈特警官，他赶紧吩咐爱丽丝："你千万别激怒他，一定要稳住他的情绪,这一点非常重要。你尽量拖延时间,我们将在五分钟之内赶到。"

放下电话,哈特警官立刻带领三名全副武装的警员往爱丽丝居住的勃格大街赶去。

到了爱丽丝小姐居住的四楼房门前,一个警员"咚咚咚"用力敲门,可是里面却毫无动静。"不好,难道……"救人要紧,哈特警官来不及多想,立刻命令警员中最壮实的一个撞开房门,他和另外两个警员旋风般地冲了进去。

四个人把每个房间都仔细搜寻了一遍,可是除了爱丽丝小姐外,里面别无他人。

哈特警官不解地问:"小姐,请问那个一丝不挂的男子在哪里?"

"你是说那个可耻的变态狂?"爱丽丝小姐神情怪异地站在落地玻璃窗前,一边弓着身子凑在一架支着的高倍望远镜前贪婪地看着什么,一边回答道,"你们瞧,那个男人就在对面楼里。看吧,他还没有穿上衣服,还躺在浴缸里呢!"

"啊?"哈特警官差点晕倒……

（陈世勇）

（题图:李　加）

我要喝酒

汤姆少校被派到海军一艘军舰当舰长。

据说,这艘军舰是个酗酒成风的地方,士兵个个都是酒鬼。汤姆到任后做的第一件事就是立下规定,对酗酒者严惩重罚。在处理了几次酗酒事件后,军舰上至少再也没有士兵敢在公开场合喝酒了,汤姆为此很是得意。

这天夜里,汤姆在舰上巡视时发现一个士兵寝室里灯火通明,他走上去用力敲门,里面一个声音问道:“谁?”

“我,汤姆少校。”

立刻,从里面传出一阵混乱的声音。隔了一会儿,门开了,一股刺鼻的酒气扑面扑来,汤姆看到寝室里有十几个人,凌乱不堪,他不用问也知道,这帮家伙正在酗酒。

汤姆高声喊道："立正!"士兵们立刻在屋里歪歪扭扭地勉强站成一排,但是还有几个喝醉了的家伙已经不省人事地躺倒在床上了。

汤姆严厉地问道："你们在干什么? 我订的规矩忘了吗? 说,你们每个人喝了多少?"

队列里,一个老兵打着酒嗝说："报、报告少校,我们没喝酒,我们只是用酒精擦擦自己训练中受伤的身体。"

其余的士兵也都纷纷附和着,说自己没有喝酒。

汤姆很生气,但没有发作,他要寻找证据。

突然,他发现桌子底下有酒瓶盖,一捡就捡了十几个。他拿着酒瓶盖问那些醉醺醺的士兵："你们谁能告诉我这是什么?"

士兵们面面相觑。

有个士兵说："少校,那是硬币,我喜欢存钱,我要娶老婆。"

"是吗?"汤姆走到那个士兵面前,"那么,请你告诉我,你的存钱罐呢?"

这位士兵看了汤姆一会,指了指床下的空酒瓶,说："报告少校,这就是我的存钱罐。"

"那好!"汤姆弯腰拿起一个空酒瓶,递给那个士兵,"请你把你的硬币放到你的存钱罐里!"

这位士兵马上立正:"遵命,长官!"他拿起一个酒瓶盖,拼命想把它塞进酒瓶里,当然,他不可能成功。

汤姆眼一瞪:"好了,你这个蠢货,说,到底喝了多少酒?"

士兵答道:"报告长官,我没有喝酒。"

但他话音未落,就"喷"一下呕吐起来,弄得汤姆全身脏兮兮的。

汤姆愤怒地吼道:"没喝酒为什么吐了?"

这时,躺在床上的一个士兵有些清醒了,刚好听到这句话,便接口答道:"他怀孕了,要生孩子了!"

士兵们顿时爆笑起来。

汤姆气急败坏地走到床前,问那个醉眼蒙眬的家伙:"那你说,是谁让他怀孕的?"

这个士兵连眼睛也没有睁开,懒洋洋地说:"当然是那个该死的汤姆少校!"

士兵们一听这个回答,全忍不住笑倒。

汤姆再也控制不住自己了,他对士兵们吼道:"谁还有酒?酒?给我!"

一旁躺着的另一个士兵突然一跃而起,劈头给了汤姆一个响亮的耳光:"你以为你是汤姆吗?就是他要酒,老子都不会给。你算哪棵葱!"说完,又倒头呼呼睡去。

汤姆摸着发烫的面孔,看着满屋的醉鬼,气晕了过去……

（夏奇才）

（题图:李　加）

惊 奇 逗 趣

好奇心不过是希望的别称。对自
己抱有兴趣的人使我们感兴趣。

假发

奥列瑞先生故去时,他的太太吩咐丧礼承办人:"请千万要把先生头上戴的假发保护好,我们家乡来的那些朋友最后和他道别时,肯定要握他手、摸他头的。而除了我,还没有人知道他是秃顶。"

"放心吧,奥列瑞太太,"承办人安慰道,"我会处理好他的假发,绝不会掉下来的。"

出丧那天果真如此,虽然奥列瑞先生的遗体被一群家乡来的朋友折腾了老半天,但那顶假发套仍然很牢固。那天事情办完后,奥列瑞太太为了奖励承办人,额外地多给了他几百元钱。"我不能要你的钱,"承办人坚持道,"不就是几个钉子的事嘛!"

(叶维维)(题图:李 加)

难平息的思念

　　老兵波洛驻守在这片荒无人烟的群山之中,已经好多年了。上级为了照顾他的生活,又给他派来了一位年轻的士兵,名叫维奇。波洛却不要维奇照顾,帮维奇在远处垒了一间房子住下。

　　时间不长,维奇却感到吃饭不香,睡觉不甜,十分烦躁不安,因为他想起了远在家乡的女友。但他同时又想,作为一名军人,不应该沉湎于儿女情长之中,而且他知道,波洛为了驻守荒山,一直都是独身,这和他相比,差得太远了! 所以,维奇尽量克制着自己的思念。

　　但是这种思念不是想克制就能克制得了的,一天晚上,他终于忍不住了,硬着头皮来到波洛的住处,吐露了自己的心声。

　　波洛听了,一言不发地望着维奇,片刻之后,他拿出一把左轮手枪递给维奇。维奇接过枪,顿时一阵兴奋,因为到这荒山野岭来,他还没有摸过枪呢。就在维奇看枪的当儿,波洛对他说:"以后,如果你再想你的女友了,就拿着枪到后山去朝天空放一枪,那样你的情绪就会平静下来。"

维奇疑惑地看着波洛,问:"能管用?"

波洛答:"试试看吧。"随后,波洛又给了他一些子弹。

维奇立即跑到后山,朝着天空"砰"地就放了一枪,说来奇怪,他的心绪马上就平静下来了。

维奇就用这种方法,"平息"着自己对女友的思念。然而日复一日,随着时间的推移,他从每次开一枪到开两枪、三枪……也就是说,需要开更多枪才能解除心里对女友的渴念。于是,波洛给他的子弹一天比一天少了,终于有一天,他一口气将所有的子弹全部打完。可是令他吃惊的是,女友的影子仍然在他的脑海中挥之不去,他使劲抽自己一个耳光,骂自己太没出息。

怎么办?维奇决定再去向波洛讨教,也许,波洛会给自己想出更好的对付办法。

他来到波洛的住处,可还没有等走到近前,就被眼前的一幕情景惊得差点晕倒:只见波洛身背着两挺机枪,腰间挂着一排手榴弹,还拖着一门大炮,两眼通红,正准备向前山进发……

(吉凤山)

(题图:李 加)

超级手表

一天，乔治在机场候机，他想知道时间，可是忘了戴表，就叫住旁边经过的一个小伙子："先生，请问一下时间好吗？"

这小伙子提着两只沉重的手提箱，正走得满头大汗，他的腕上戴着一块液晶显示屏很大的手表。听见乔治问，他停下脚步，热情地说："当然可以！你要知道哪个国家的时间？"

"哦？你能提供几个国家的时间呢？"乔治饶有兴趣地问。

"世界上所有的国家！"

乔治赞叹道："哇！太棒了！"

小伙子撇撇嘴，说："这有什么！这个手表的功能可多了，它具有全球定位系统，可以发电子邮件，发传真，播放天气预报，还能接收电视节目。喏，就在这个屏幕上看！"

乔治听得心里痒痒的,他试探地说:"这块手表真是太神奇了!请问您……嗯,您不介意把它卖给我吧?什么条件都可以呀!"

没想到,小伙子微微一笑,爽快地说:"没问题,反正我对它的新鲜劲儿已经过去了,你要是感兴趣,就卖给你好了,1000美元!"

乔治喜出望外,连声道谢,又忙不迭地从袋里掏出钱包付钱。

然后,小伙子摘下手表递给他:"给你!这块超级手表归你了!"接着,他又把那两只沉重的手提箱往乔治面前一放,说,"这两个是手表的电池,你得一直带在身边。祝你好运!"说完,转身就走了。

(李百茹)

(**题图**:李 加)

电脑医生

　　一天,比尔觉得胳膊肘疼。朋友对他说:"街那头有家药店,里面有一台可以诊断疾病的电脑,听说什么病都能治,而且收费比医院便宜。要不要去试试?"

　　比尔觉得新鲜:"哦? 电脑看病? 是怎么个看法?"

　　朋友说:"很简单,你只要带一小杯自己的尿,再往电脑里投10块钱就可以了。"

　　比尔虽然有点半信半疑,但还是决定去试一试。

　　他带了一小杯尿来到那家药店,果然看见一台电脑放在醒目的位置。比尔照朋友说的,把尿倒进一个和电脑相连的仪器,然后投了10块钱。

　　只见那台仪器上一排红红绿绿的灯闪了起来,过了一会儿,电脑发出"滴滴"的响声，一张打印好的纸条吐了出来。比尔拿起来一看，纸条上写着：你的胳膊肘发炎了，用热水浸泡，不要提重物，过两个星期就好。

比尔啧啧称奇："这台电脑真能看病呀，比医生还灵光呢！"

晚上，他躺在床上翻来覆去睡不着，不断在想那台神奇的电脑。忽然，一个念头钻了出来：这台电脑真那么聪明吗？捉弄它一下会怎么样呢？

第二天一大早，比尔找了一个瓶子，往里面灌了一点自来水，掺了些狗尿，又偷偷把他女儿和妻子的尿也倒了进去。然后他来到那家药店，把瓶里的混合液体倒进仪器，又投了10块钱。

那台仪器上红红绿绿的灯照样闪了起来，不一会儿，电脑发出"滴滴"的响声，最后，一张打印好的纸条吐了出来。比尔迫不及待地拿起纸条，只见上面写着：你家自来水管混进了垃圾，需要清洗；你家狗肚子里有蛔虫，最好给它吃一点维生素；你的女儿服用可卡因已经一年了，快送她去戒毒所；你的妻子又怀了孕，不过孩子不是你的，所以你赶快去找一个律师，准备离婚。最后，要是你再不用热水浸泡，你的胳膊肘永远都好不了！"

（小　民）

（题图：李　加）

买条凶狗

　　格尔先生一直很希望有条狗来照看他的庄园。一天,他来到一家闻名全市的专业养狗场。格尔先生告诉场主,他愿意以最高价格,买到一条全场最健壮、最敏捷、最凶狠的狗。场主建议格尔先生先去看看狗再说。

　　他们先来到一间铁笼边,格尔先生的目光立即被关在里边的一条猛犬吸引住,那狗看到有人靠近,一边狂叫着,一边凶猛地撞击着铁笼。

　　格尔先生一见,笑着对场主说:"看起来这是一条很不错的狗哇。"

　　场主听了称赞,显得很高兴,说:"是的,这条狗的确不错,但是我有一条更让你心跳的狗。"

于是,他们继续朝前走。很快,格尔先生发现了一条更强壮的狗,与前面的那条狗一样,它也关在铁笼里,所不同的是,那狗一听到脚步声就狂吠起来,并试图咬断铁链,挣脱铁笼。

格尔先生停了步,惊问道:"你说的是这条狗吗? 真是太好了!"

"噢,不,我说的不是这条狗。先生,你跟我来。"

大约十分钟后,他们来到一个已被冲破的铁笼附近,铁笼边躺着一条很安静的狗,那条狗神情漠然,对来到身旁的两个人,一点也不以为然,正津津有味地啃骨头。

场主躲在格尔先生的身后,捅捅正在四处张望的格尔先生,说:"这就是我所说的那条让你心跳的狗。"

格尔先生有些吃惊:"这条狗吗? 先生,你不是在开玩笑吧!这条狗怎么好和上两条狗相比呢? 它看起来更像是一条已被驯服的宠物。"

"是的,看上去它的确很温顺,"场主介绍道,"但是你知道吗? 它刚才咬死了一位买主,这会儿它正在享用'猎食'呢。"

（孙鑫鹏　编译）

（**题图**:李　加）

聪明的狗

　　一天,有个屠夫正在店里忙,一只狗突然跑进来。屠夫嘴里"嘘嘘"地嚷着,把狗赶了出去,可是不一会儿,狗又跑了回来。

　　屠夫觉得有些奇怪,他定睛一瞧,发现狗嘴里叼着一个袋子,袋子外面露出一张纸条。屠夫打开纸条,只见上面写着:我要买12根香肠和一只羊腿,钱在袋子里。

　　屠夫往袋子里一看:钱果然在那儿。于是他就收起钱,把香肠和羊腿装进袋子。

　　这时也快该打烊了,屠夫心血来潮,关了店门,跟在狗后面,决定看个究竟。

　　只见那狗不慌不忙地穿过一条街道,来到一个十字路口,它放下嘴里的袋子,跳起来用爪子按下了旁边的红绿灯按钮,接着就蹲在地上耐心地等到绿灯亮,然后叼起袋子,穿过马路。

屠夫紧紧地跟了上去。

接着,那狗走到一个公交车站牌前,它仰起头看上面的时刻表。屠夫被它的举动惊呆了。那狗弄清楚时间后,就蹲在旁边的一个座位上等车。不一会,一辆公交车驶来,那狗急忙站起来看车次,看看不对,又回到座位上。过了几分钟,又来了一辆,那狗站了起来,看了一下车次,发现正是自己一直等着的,于是它就爬上了车。

屠夫吃惊地张大了嘴巴,赶紧也跳上了车。

公交车穿过市区来到郊区,一路上,那狗静静地看着车外的风景。过了好长时间,它站了起来,走到后门,等车停下来后,叼着袋子跳下车。

那狗顺着公路来到一所房子前,它放下嘴里的袋子,用脚爪敲门,敲了一阵,见无人应答,就用身子一次一次地向房门撞去。

可是始终没人来开门,于是那狗就跳上旁边的一面矮墙,接着跳进了花园,然后爬上窗户,用头撞了几下窗玻璃,接着回到门外,蹲在地上静静地等待。

屠夫越看越糊涂,正在这时,突然门开了,一个大汉走出来,抬起脚向那狗狠狠踹去,一边踢一边骂。

屠夫愤愤不平,他一个箭步冲上去,愤怒地训斥那个大汉:“你到底在干什么?这是一只多么聪明的狗啊,它绝对能成为电视明星!”

大汉一声冷笑,嘲弄地对他说:“聪明?我的天,这可是它本周第二次忘带钥匙了!”

(龙红岸　编译)

(题图:李　加)

疯马丁来了

　　有个家伙叫弗雷德。有一天,他突然觉得自己够壮够野了,就决定去西部碰碰运气。

　　他来到西部边陲的一个小镇,在一家最野蛮的酒吧里当起了招待。很快,他的老板就欣喜地发现,他不仅能制止频繁的殴斗,酒吧的欠单也因此而大大减少,老板乐得直夸他。

　　不过老板还是提醒他,必须要牢记一件事:"如果听说疯马丁来镇上了,你得马上收拾好东西,在吧台上放一瓶'红眼睛'酒,然后立刻离开,越快越好。"

　　弗雷德对此好不纳闷,一心想弄清楚这是为什么,他见老板不说,就去问镇上的人。没想到镇上人人闻之色变,甚至许多人只要一听到"疯马丁"的名字,就哆嗦得说不出话来。弗雷德在镇上转了一圈，只从人们的片言只语中知道，疯马丁是一个住在山里的老家伙，偶尔也会到镇上来，但每次来，见谁揍谁，很少有人能在见到他之后活着离开的。

弗雷德竖着耳朵听，但是他并没有被吓住，相反，他倒是很想立刻见见这个老家伙，让他尝尝自己的厉害。

几个月后的一天，一个牛仔朝镇上飞奔而来，一面跑一面高声叫道："马丁来啦！疯马丁来啦！"

这一下可是非同小可，只见镇上的人都纷纷从家里奔出来，跳上马背，落荒而逃。转眼工夫，热闹的小镇就变得冷冷清清，不见了人影，只有弗雷德纹丝不动，他不信这个邪，他放了瓶红眼睛酒在吧台上，然后就躲到柜台下面，静静地等着。

没多久，街上就响起了一阵"隆隆"声，弗雷德从柜子缝里望出去，只见一个身形魁伟、模样卑劣的家伙，正骑着一头大野牛直冲酒吧而来。弗雷德还是第一次看到世界上竟然有这么粗野的汉子和这么壮实的野牛，难怪镇上人这么怕他！弗雷德惊得眼睛瞪得溜圆。

转眼，那家伙就到了酒吧门口，他跳下野牛背，对准牛头就是一拳，那畜生立刻跪倒在地。那家伙拍拍牛脑袋，大吼一声："老实趴着！"随后三步两步走进酒吧。

弗雷德发现，那家伙身后其实还跟着一对豹子，他进门之后把两只豹子往酒吧门柱上一拴，又朝它们身上踢了两脚："你们这对猫咪，给我好好待着！"随后，才声势如雷地冲到吧台前，抓起弗雷德放在那里的红眼睛酒，一口咬掉瓶盖，一仰脖喝得精光。

弗雷德这时候早已被他的气势吓坏了，哪里还有胆量让他尝什么厉害？他哆嗦着想逃跑，却因为过于紧张而一头撞在吧台脚上，弄出了声响。

那家伙闻声一找，发现了柜台下面吓得缩成一团的弗雷德，一下掀翻吧台,朝他吼道:"混蛋!你在这里干什么?"

弗雷德吓得浑身发抖,嗫嚅着:"先生,您……您还想再来一瓶吗?"

那家伙鼻子里"哼"了一声,气咻咻地说:"见鬼!我可没时间,我得马上走人,疯马丁要来了!"

"什么?你不是疯马丁?那……"弗雷德突然跳起来就跑,现在他连见一见疯马丁的勇气都没有了!

（艾　柏）

（题图:李　加）

整形外科医生

　　山姆和约翰一起去伐木，约翰不小心砍断了自己的手臂，山姆吓坏了，将约翰连同断臂一起送进了医院。

　　外科医生是断肢再植专家，他非常有把握地嘱咐山姆四小时之后就可以来接约翰。果然，当山姆四小时后再来时，约翰已经在医院的酒吧里玩飞镖了。医生的手术不但提前做好，而且做得比预料的还好。

　　几个星期之后，山姆和约翰又一起去伐木，约翰不小心又砍断了自己的腿，山姆又将约翰连同断腿送进了上次那家医院。

　　还是这个外科医生，他对山姆说："植腿要比植臂困难。这样吧，你6小时之后来接他。"

　　山姆6小时之后回到医院，看到约翰正在医院大草坪上踢足球,山姆大吃一惊,对外科医生的精湛医术真是佩服得五体投地。

过不久,山姆和约翰再次相约去伐木,约翰这个毛糙小伙居然砍掉了自己的头。这回可非同儿戏了,山姆将约翰的头仔仔细细地包进塑料袋里,带上约翰的身体直奔医院。

外科医生说:"哎呀,植头真是太难了。这样吧,我看看我能做些什么,你12个小时之后来试试吧!"

好不容易捱过12个小时,山姆赶到医院,可是不见约翰的人影。山姆急着问:"医生,手术怎么样了?"

"很抱歉,"医生回答说,"你的朋友死了。你这个笨蛋,他是被你闷死在塑料袋里的。"

(梁　杰)

(题图:李　加)

你有没有耳聋

两军对垒,硝烟弥漫……

一个骑兵在作战中不幸被俘。敌军首领对这个骑兵说:"我们会立刻杀掉所有的俘虏。不过,由于你在作战中表现特别英勇,我可以让你多活三天,并且还可以满足你三个要求,三天后再杀你。现在,你可以提第一个要求了。"

骑兵想也没想,说:"我想对我的马说句话。"

"可以。"首领答应了。

于是骑兵走过去,对他的马悄悄耳语了几句,只见那马立刻长啸一声,疾驰而去。

黄昏时分,马回来了,背上驮着一个漂亮的女郎,当天晚上,骑兵便与女郎共度良宵。

首领看呆了，啧啧称奇："这真是一匹神奇的宝马！不过——"他说，"我还是要杀你。你的第二个要求是什么？"

骑兵再次要求和马说句话。

"说吧！"首领朝他点点头。

于是骑兵又一次对他的马悄悄耳语了几句，只见那马又立刻长啸一声，疾驰而去。

黄昏时分，马又回来了，这次背上驮的又是一个女郎，而且比上次那个更加美艳动人。于是当天晚上，骑兵又和这个女郎度过了欢乐的一夜。

首领大为叹服："你和你的马都令人大开眼界！不过仍然还是要杀你。现在，你说最后一个要求吧。"

骑兵想了一下，说："我想和我的马单独谈谈。"

首领觉得很奇怪：难道你前两次和马耳语，不算"单独谈谈"？他很想知道这个骑兵再能玩出什么名堂来，所以还是点头应允，带着随从离开了。

此时，帐篷里只剩下骑兵和他的宝马。骑兵死死盯着他的马，突然冲上去一把揪住马的两只耳朵，怒气冲冲地说："你这个傻瓜，你有没有耳聋？这回你给我听清楚了，我再说一遍——你给我带一个旅的人来，不是带一个女人来！"

（梦　馨　改编）

（题图：李　加）

真是刺激

　　怀特先生和夫人喜欢出国旅游,而且是自己开着车,想上哪就上哪,既轻松自由又惊险刺激。

　　有一次,两人在非洲大草原上开着车奔驰,广阔的草原、奔跑的动物,令他们心旷神怡。可是正当他们陶醉于美妙的自然风光时,突然,车子"嘭"的一声撞到了一个东西。怀特先生急忙刹车,定睛一看,原来撞到了草丛中的一只狮子。

　　这只体格雄壮的"草原之王"此时正躺在地上一动也不动,仿佛睡着了一般。怀特先生下了车,小心翼翼地伸出手试了试它的鼻息,它还活着,看样子只是昏了过去。

　　怀特先生灵机一动,一个大胆的想法突然涌上心头。他走过去紧挨着睡狮坐下来,一只手捋着它那长长的鬃毛,然后对夫人说："快,照一张相!"于是,夫人急忙举起相机,留住了这宝贵的瞬间。

回国后,怀特先生拿着这张照片到处炫耀,亲戚朋友见了无不啧啧称奇。

还有一次,怀特夫妇开车沿着西伯利亚的森林飞速前进,突然发现一只小鹿在拼命地奔跑,后面一只硕大的西伯利亚虎穷追不舍。刹那间,小鹿跃上了路面,怀特先生急忙刹车,但巨大的惯性还是使得汽车冲了过去,一下子撞上了老虎,把这只兽中之王重重地抛了出去。

怀特先生下车一看,好家伙! 这只大老虎足有五六百斤重! 怀特先生小心地试了试它的鼻息,感觉仍然有呼吸,看来也只是昏了过去。怀特先生有了一个更大胆的想法,他骑在老虎身上,一只手按住老虎的脖子,另一只手握成拳头高高地举起,摆了一个"英雄打虎"的造型。怀特夫人马上心领神会,举起相机留住了这精彩的一刻。

回国后,怀特先生的这张照片让大家目瞪口呆,而怀特先生自己更是洋洋自得。

后来,怀特夫妇又去澳大利亚旅游,他们开车沿着东海岸观光,逐渐进入了沙漠,突然一只袋鼠跳到了他们的车前,怀特先生刹车不及撞了个正着,只见这个可怜的东西从汽车顶上一直滚落到了汽车后面。夫妇俩赶紧下车去找,结果发现它一动不动地躺在地上。

这次怀特先生有经验了,他大大方方地伸手摸了摸它的鼻子,嘿,这家伙居然也没死! 怀特先生脑子转得飞快,又一个不错的想法诞生了。他脱掉夹克给袋鼠穿上,并且把袋鼠扶起来,和自己偎依在一起,随后又揽住它的脖子,来了个"哥俩好"的造型。怀特夫人马上举起相机,可谁知还没按下快门,袋鼠突然睁开双眼,奋力挣扎着站起来,用它那强壮的下肢快速跳跃着逃走了。

怀特先生急得大叫:"我的夹克!我的夹克……"

可是袋鼠穿着怀特先生的夹克早已经跑远了!要知道,怀特先生的夹克口袋里,有他们夫妇俩的护照、银行卡、所有的现金和汽车钥匙……

(张　勇　编译)

(题图:王　俭)

惊 语 怪 招

　　想出新办法的人,在他的办法没有成功以前,人家总说他是异想天开。

好胖的光头

　　有个商人叫罗尔,这天他来到一个叫阿米罗的国家,这里的人很怪,个个都剃着光头,他们见到长头发罗尔,好像见了瘟神似的,都躲得远远的。

　　罗尔走了一会儿,总算碰到一个好心的乞丐。乞丐告诉他:"我们国王非常不喜欢男人留头发,所以下令一律都要剃光头,违者砍头。所以,你还是快快逃命吧!"

　　罗尔一听,害怕极了:现在天都黑了,回是肯定回不去了;可理发店早已关门,我就是想剃光头也没法剃啊。

　　怎么办呢? 情急之下罗尔想出一个急办法,他三下两下往头上缠了一顶布帽子,又从下水沟里抓了把臭烘烘的烂泥,胡乱往帽子上一抹,随后就走进一家小旅店。

老板乍一看到头上戴着帽子的罗尔,很是不解:"先生,我们这里的男人都是剃光头的,你怎么戴了顶帽子啊?"

罗尔说:"哦,对不起,我头上长满了疮,怕被人看见笑话,不得已才戴上这个鬼东西。怎么,你怀疑我吗?"说着,他故意把头往老板跟前凑。

老板哪里受得了他头上这股臭烘烘的怪味道,吓得一面用手捂鼻子,一面大叫道:"哦,不用了,不用了,我这就带你上楼。"

罗尔总算用这个办法混过了老板这一关,走进房间后就钻被窝睡觉,他决定第二天赶紧离开这个鬼地方。可是躺下没多久,他就被一阵嘈杂声吵醒了,仔细一听,原来是官爷奉命特地来查房,看看有没有哪个男人还留着长头发。罗尔吓坏了:老板好应付,官爷可不是吃素的! 怎么办?

这时候,外面走廊上,罗尔听到老板正在对官爷说:"我们这里的客人全是光头。再说,我们这是老店,规矩都懂,您何必那么辛苦自己一个一个去查呢? 这样的小事儿,还是由我来替您做吧!"

老板随即又吩咐仆人:"去,挑你们最拿手的,好好给官爷做几个好菜!"他把官爷安顿好了,自己就例行公事一个一个房地看了起来。

不一会儿,老板查到了罗尔隔壁房间。罗尔听到老板在对隔壁房间的客人说:"哎呀,不好意思,官爷咱惹不起,我就替他例行公事来看一下,我不开灯了,就摸摸您的头,您别生气啊!"

罗尔一听,心里突然有了主意……

过了一会儿,他听见自己客房的门"吱呀"一声被推开了,他偷偷瞥一眼,老板正轻轻朝他床前走来,而此时,他正头朝下、屁股朝上地撅在床上呢。老板伸出手来往他头上一摸,其实摸到的不是脑袋而是屁股,但老板不知道,老板说:"哎呀,怎么这么胖啊,都胖出缝来了!"

罗尔一听老板这话,觉得太好笑了,可又不敢笑,禁不住"扑哧"放了一个屁。他吓坏了,以为这下肯定完了,谁知老板居然没有发觉,还说:"哎呀,这人准是喝多了,睡得这么死还打嗝!"一边说,一边朝门外走去。

罗尔惊出一身冷汗……

（裴宏伟　供稿）

（**题图**:顾子易）

说出你的愿望

　　一个美国人,一个法国人,还有一个中国人,走在大沙漠中。他们走着走着,看到前面有一个瓶子,打开瓶塞,从里面飘出一个人来。

　　那个人说:"我是神仙,我能满足你们每人三个愿望!"

　　美国人抢着第一个说:"我的第一个愿望是要很多的钱。"

　　神仙说:"这个简单,满足你! 说说第二个愿望吧。"

　　美国人说:"我还要很多的钱!"

　　神仙满足他的愿望后,美国人又说了他的第三个愿望:"把我弄回家。"

　　神仙说:"没问题。"

　　于是美国人带着很多钱回了美国。

神仙又问法国人。

法国人说:"我要美女!"

神仙给了他美女。

法国人又说:"我还要美女!"

神仙也满足了他,给了他美女。

法国人最后说:"把我送回法国。"

神仙把法国人送回国后,问中国人要什么。

中国人说:"先来一瓶二锅头吧!"

神仙给了他,问他第二个愿望是什么。

中国人说:"再来一瓶二锅头!"

于是,他又得到了一瓶二锅头。

神仙问他第三个愿望是什么。

中国人说:"我挺想美国人和法国人的,你把他们都弄回来吧。"

于是,美国人和法国人又回到了沙漠。

美国人和法国人气得不得了,但又无可奈何,三个人只好继续往前走。走着走着,他们又看见一个瓶子,打开塞子后,又冒出一个人来。那个人说:"我是刚才那个神仙的弟弟,法力没他高强,所以只能满足你们每个人两个愿望。"

美国人和法国人决定先让中国人说,免得一会儿又被他弄回来。

中国人也不客气,便说:"那就先来瓶二锅头吧。"

神仙满足了他的愿望。

美国人和法国人催促中国人赶快把第二个愿望说出来。

中国人没理睬他们,继续喝二锅头。喝完后,这才不紧不慢地对神仙说:"行了,没事了,你走吧。"

美国人和法国人傻眼了!

(杨佳伟 供稿)

(题图:李 加)

乞丐

有个衣衫褴褛的乞丐,挡住一名男子的去路,乞求施舍两个美元,让他吃顿饱饭。

男子问:"我给你钱,你会不会拿去买酒买烟?"

乞丐说:"不会,我戒烟戒酒已经两年了。"

"那你会拿去赌博吗?"

"怎么会呢,我都饿得两天没吃饭了。"男子说。

"那好吧,你现在就可以跟我回家,我让妻子为你做一顿丰盛的饭菜。"

乞丐听了非常吃惊:"您妻子不会因此大发脾气吗? 要知道,我很脏,身上的气味很难闻。"

男子说:"这没关系。我只是想让她看看,一个男人如果戒酒戒烟,会变成啥样!" （刘圣任)(**题图:李 加**)

吝啬鬼约会

　　弗利克斯是个吝啬的小伙子,半个月前,他认识了一个女孩,名叫莉比。

　　这天,莉比提议进城去玩,弗利克斯嘴上说好,心里却舍不得花钱。幸好莉比表示她是个新派女性,她不想要弗利克斯一个人付钱。最后,两人商议下来,决定轮流付账。

　　弗利克斯和莉比约定在城里见面,然后叫上出租车直奔酒吧。路不远,车钱只要一个半美元。莉比说:"女士优先。"抢先掏了腰包。在酒吧里,莉比喝了香槟,还吃了大虾吐司,共花去八美元,自然是弗利克斯付的账。

　　从酒吧到电影院很近,莉比坚持付了一美元二十美分车钱。轮到弗利克斯买电影票,用去十美元。进场时,莉比又买了一袋爆米花,付了半个美元。这一来,弗利克斯心里就不太乐意了。

虽然这天的电影很精彩,但是弗利克斯的心思已不在这里了,他在盘算:如果待会儿自己付了车钱,那就该轮到莉比付饭钱了。

可谁知电影中场要休息十分钟,莉比建议出去活动活动手脚,弗利克斯不好意思拒绝,只好陪着她到走廊上去走走。莉比要了一杯橘子水,这该是弗利克斯付账。这时候,入场铃响了,想到等下该莉比付车钱而自己该管饭时,弗利克斯急了,他突然转回身,对莉比说:"我也要一杯橘子水!亲爱的,现在该你付钱了。"

莉比二话没说,马上付了账。这下弗利克斯放心了。可没想到,电影放了一会儿竟断片了。灯亮后,莉比转过头说她不愿干等着,还想吃点儿什么,弗利克斯坚持在座位上磨磨蹭蹭不肯去买。正在这时,一个卖冰淇淋的小贩不知从哪儿钻了出来,没办法,弗利克斯只好给莉比买了一个冰淇淋蛋卷。这下可好,弗利克斯哪里还弄得清楚电影在演些什么,满脑子尽想着接下来自己该怎么办了。

电影散场后,弗利克斯和莉比上了出租车。弗利克斯心里暗暗叫苦:莉比付了车钱,就该他付饭钱,也吃不准莉比会点什么样的菜!正精神紧张着哩,突然,汽车爆胎了。两人下了车,莉比付了车钱。当他们又拦了一辆出租车继续去饭店的时候,弗利克斯兴奋得简直有些飘飘然了:真是天助我也!接下来该是我付车钱而由莉比来付饭钱了。

于是,当他们在餐桌旁坐定,弗利克斯便放开了胆子点菜,要了法式洋葱汤,又要芦笋配牛排,再加龙虾沙拉,等等,等等,最后还叫了一道"去皮苹果",菜单上注明它是水果中最贵的一种。莉比坐在旁边目瞪口呆地看着他狼吞虎咽,吃完饭,弗利克斯觉得还不尽兴,买单之前又要了一支雪茄。

　　哇！这下可有好戏看了。弗利克斯自己也没想到,他要这支雪茄,犯了一个致命的错误。因为他平时不吸烟,身上没带打火机,就这一会儿工夫,莉比起身去柜台,花五美分替他买了一盒火柴,笑吟吟地递到他面前。弗利克斯气得脸色铁青而又无话可说,只好乖乖地付了一百美元的饭钱。

　　这以后的事自然不用再提,弗利克斯扫兴而归,这天晚上,心疼得整宿闭不上眼……

（唐人杰　改写）

（题图:李　加）

别对妈说谎

约翰邀请母亲来吃晚饭,进餐的时候,他母亲时不时地把视线投向约翰的那位女管家。

这位女管家实在太漂亮了,眼、眉、鼻、嘴,一切都是那么匀称,一切都是那么迷人。放着这样一个美人儿,约翰能不动心?整个晚上,约翰的母亲都竭力要想知道约翰和女管家之间的关系。

约翰从母亲的目光里明白了老人家的意思,便主动表白:"我知道您在想什么,妈妈,您应该相信,而且我也可以向您保证,我同女管家之间,纯属职业关系。"

大约一星期后,女管家对约翰说:"自从你妈上次来吃了晚饭后,我就没见过那只漂亮的银汤勺,你想想,会不会是她拿走的呢?"

约翰说:"我也有些疑疑惑惑的,写封信给妈,证实一下。"

约翰便坐下来写信,他是这样说的:"亲爱的妈妈,我不是说您从我那里拿走了银汤勺,也不说您没拿,但客观事实是,自从您上次来吃了晚饭后,那把银汤勺就不见了。"

几天以后,约翰收到了母亲的回信,信上是这样说的:"亲爱的儿子,我不是说你和女管家睡在一起了,也不说你没跟女管家睡,但客观事实是,假如她睡在自己床上,那她就会发现,那把银汤勺一直在那里放着……"

（王贵明　编译）

（题图:李　加）

生日整容

　　有个男人为了庆贺自己的生日,花了五千美金去整容,出来之后,感觉非常好,回家路上经过一家报刊经销店时,忍不住问店主:"希望不介意问你一个问题,你看我有多大岁数?"

　　店主看了他一眼,说:"大约35吧。"

　　"哇!"男人乐不可支地叫了起来,"实话告诉你吧,我已经47了呀!"

　　男人很开心,顺脚走进隔壁炸鱼铺喝上两杯,离开之前又忍不住问老板同样的问题。老板看了他一眼,说:"顶多30吧!"男人兴奋得简直要跳起来,哈哈,美容居然有这么神奇的效果。

　　接着到公共汽车站等车,他又向旁边的老太太提了同样的问题。老太太说:"我老了,眼睛不行了,但我只要摸摸你的脸,就能一岁不差地说出你的年龄。"

男人不相信："果真？你敢打赌？"

"那当然,随你怎么赌!"

"那好,咱赌 100 美元,你若猜错了,你得给我钱。"

老太太非常爽快地答应了。随即她伸出手,往男人的脸上一摸,想也没想,冲口就说："47。"

"什么?"男人大惊:莫非这整容的效果只管一会儿？男人急着问："你怎么知道我今年 47 岁?"

老太太"嘿嘿"一笑："咱说好的,你得先付我 100 美元。"

付就付。

男人付了钱,又急着追问。

老太太露出孩童般的笑脸,说："刚才在经销店,你不是亲口对店主说的嘛!"

（王贵明　编译）

（**题图**:麦荣邦）

热咖啡

　　迈克是一名年轻的职员,他的责任是每天一上班给法官煮一杯热咖啡。但是,迈克每次端上来的时候,杯内的咖啡都只剩三分之二,法官很恼火。

　　迈克解释说,为了保持咖啡的口味,他不得不趁咖啡滚烫的时候端过来,这样一路走来,难免会洒掉一些。

　　法官根本不听迈克的解释,他喋喋不休地发着牢骚,甚至怒气冲天地大发雷霆,但过后迈克端上来的咖啡还是只剩三分之二。

　　这天,法官想出了一个主意,他把迈克叫来,神情严肃地说:"从明天开始,如果咖啡再少三分之一的话,我就要扣去你三分之一的薪水。"

这一招真的奏效了,第二天,迈克端来的那杯热气腾腾的咖啡,竟然满到了杯口。往后的日子里,每天都是这样满满的一杯热咖啡。

法官非常高兴,禁不住把迈克表扬了一番。

"没什么大不了的。"迈克洋洋得意地说,"在厨房里加满咖啡之后,我先用嘴含了一口,当走到你办公室门口时,再吐回杯子里……"

（耿人健）

（题图:李　加）

米高仗着自己人高力大，老是欺负汤姆。汤姆总想找个机会教训他，出出心里的怨气。

一天，他们在大街上迎面碰上，米高正想像以前那样找点茬儿，可这一次，汤姆先开了口："米高，我讲个笑话给你听好不好？"

"好，就听听你这小鬼能讲出什么好笑的事。"米高嘲笑地说。

汤姆开始讲了："这个笑话分为四个阶段。第一段是有一对默契的夫妻，他们驾车去郊外登山，车是丈夫开的，过了一会儿，妻子感到不对劲，就问丈夫，是不是走错路了，话音未落，只听见'啪啪'两声，妻子被打了两记耳光，脸上留下了两个红印子。打完之后,丈夫说,现在是我开车还是你开车? 第二段是这俩夫妻在家里看电视,妻子问老公想吃点什么,老公说随便,过了一会,妻子端上来一盘白水煮莴苣叶,老公就问她不能吃的东西煮了干什么,话刚说完,妻子就伸手给了他两个耳光,边打边说,现在是我煮东西,还是你煮东西?"

说到这里,米高已经听得入了迷。

汤姆继续说:"第四段是……"

这时米高赶紧插话问:"怎么到第四段了,第三段呢?"

"啪啪"两声,汤姆打了米高两个嘴巴,说:"现在是我讲故事,还是你讲故事?"

(张立华)

(题图:李 加)

走进『死穴』

　　杰克受公司总裁的派遣,奉命从加拿大来到土耳其,为他们的公司招聘工程师。为了省时省钱,他就在下榻的旅馆内设立了一个临时面试点。

　　招聘广告一经发布,第二天一大早,旅馆大堂里就像医院的候诊室一般,排起了一条长龙,来应聘的足有上千人,还有那些趁机做早点生意的,好不热闹。杰克看到这番情景,心里不觉得意起来。

　　可是没得意几分钟,杰克就觉得有点不妙:我是来招聘工程师的,这么多人,会全是工程师吗? 说不定里面有木匠,有厨师,在他们看来,哪里有工程师,哪里就要盖房做家具,就需要木匠,就需要厨师给他们做饭,当然还需要理发匠,但总裁只要我招聘工程师呀!

　　想到这里,杰克便对着队伍大声嚷道:"不是工程师的请不要在这里等了!"可是人们对他的声明无动于衷,每个人都像钉在木板上的钉子一样呆在原地,没有一人离去。

　　不知不觉已到了中午,杰克又累又饿,几乎到了筋疲力尽的地步。更要命的是,整个上午他都没有挪窝,一个接着一个地对应聘者进行面试,他迫不及待地需要去洗手间方便一下。可谁知,这种平时看起来是举手之劳的小事,此时却成了难以解决的重大问题:通往洗手间的门道被那些应聘者挤得水泄不通,他们有的在交谈,有的在打牌,还有的在闭目养神,要想挤出去,实在是太艰难了。

　　可杰克实在憋不住了,否则就得尿裤子,没办法,他只得壮壮胆子往外挤。谁知他刚一挪步,立刻受到了"群起而攻之"的待遇,每一个人都对他声嘶力竭地嚷着:"我在水利部工作过5年!""我在公路部门干过3年!""我在德国、法国做了8年工程……"可这些话杰克一句都没听进去,他只是一个劲地对自己说:"坚持住,不可尿裤子!"

　　就在杰克即将挤到洗手间时,突然,身旁一个人一把抓住了他的手:"来吧,老兄,跟我走!我给你排忧解难!"说着,他用力把杰克推进了一扇门内。

　　杰克被这突如其来的举动弄得一时摸不着头脑,但他还是打心眼里感激这位陌生人的慷慨帮助,也就在这时,"喀嚓"那人从外面把门锁上了。

　　啊!这里面很暗,而且杰克很快察觉到这里已经有人了,他连忙说了声"对不起",转身想离开。

　　可那人竟然一把抓住了他:"等一下,先生!我在此恭候您多时了……我是个工程师,想在您这儿申请一份去加拿大的工作,但我简直就无法和您联系上,我的时间很紧张,明天就要结婚,不能再耽搁了！我估摸着您要在某个时候来这里方便,所以就等候在这里。在门外的那个是我叔叔,先生,如果您现在不赐我一个面试的机会,我叔叔是不会给您开门的!"

"天哪！想不到这厕所会是一个'死穴'呀!"杰克心里叫苦不迭。没办法,一场别开生面的面试就在这里开始了……

（丁　健　改编）

（**题图**:俞晓夫）

换情人

法律系学生卡尔用一件最流行的熊皮大衣,换来了同桌皮特的时髦女友波莉。但让卡尔感到美中不足的是,波莉虽然脸蛋漂亮,却不够聪明,卡尔决定调教她。

卡尔启发波莉说:"你知道我们学法律的为什么都那么聪明吗?"

"为什么?"波莉好奇地问。

"因为我们接受过逻辑思维训练。"

"真的? 你能教我吗?"

卡尔正中下怀:"当然。不过在接受正式训练之前,你首先得学会识别几种常见的推理谬误。比如我说,我不会法语,你不会法语,皮特也不会法语,因此就下结论说我们学校里没有人会法语。"

"真的没有人会法语?"波莉惊奇地问。

卡尔没想到波莉竟无知到这种程度,只好一边摇头一边耐心地绐她讲解:"怎么会真的没有人会法语呢? 我刚才只不过是给你打个比方,这种思维方式在逻辑学上就犯了一种叫'草率归纳'的错误。生活中,这样的例子比比皆是。"

第二天两人见面的时候,卡尔又尝试着对波莉说:"我再给你举一个生活中的例子。有人建议我们学生在考试时可以看教材,理由是:医生做手术有 X 射线来帮助检查,律师在辩护时有案情记录可供参考,那么学生考试时为什么就不允许看教材呢?"

波莉拍手赞同道:"对呀,为什么就不允许看教材呢?"

卡尔气得直瞪波莉的眼睛:这么简单的"机械类推"错误你也听不出来? 真是枉长了一张漂亮的脸蛋。

卡尔决定再耐心地给波莉讲一次,如果她再"拎不清",那自己就宁可损失一件熊皮大衣,也不能要这么愚蠢的女人。

卡尔对波莉说:"有个人要找一份差事,老板问他有什么专长,他说他妻子瘫痪在床,六个孩子衣食无着,家里没有一块取暖的煤,冬天就要来了……"卡尔讲到这里故意停住了。

波莉问:"你讲完了?"

"讲完了。"卡尔点点头。

波莉嚷嚷道:"这个人答非所问,他大概是想获取老板的同情吧?"

卡尔惊喜地叫起来:"对呀,亲爱的,你这次终于说对了! 那个男人确实答非所问,他的这种思维方式,在我们逻辑学上叫'偷换论题'。"

波莉得到卡尔的鼓励,非常开心。

下一次约会时,卡尔试探着对波莉说:"亲爱的,看来我们在一起非常般配。"

谁知波莉却瞪了他一眼："你这是草率归纳。"

"你说什么?"卡尔没想到波莉会用上自己教过她的逻辑推理。

"草率归纳。"波莉一本正经地说,"仅仅根据两次约会,就能说明我们很般配吗?"

卡尔笑了,没想到波莉还这么逗。"亲爱的,"卡尔抚着她的手说,"两次就足够了,你总不必等吃完整只蛋糕才知道它的好坏吧?"

"机械类推,"波莉抢白道,"我不是蛋糕,我是人。"

卡尔开心得哈哈大笑起来,原来波莉聪明得很呢!他一把拥住波莉就大胆求爱:"亲爱的,你是我的一切,嫁给我吧,否则我会忧伤地死去。"

"偷换论题。"波莉面无表情地瞥了他一眼。

波莉好像不是在开玩笑!卡尔冒汗了:"难道你不愿意?"

"不愿意。"

"为什么?"

"我爱皮特。"

波莉居然一点不给卡尔面子。卡尔觉得自己蒙受了奇耻大辱,不禁歇斯底里地狂叫起来:"你为什么不选择我? 我是全校公认的高才生,而皮特则是一个头脑简单的傻瓜。这是为什么,为什么? 你能给我一个合乎逻辑的解释吗?"

"当然有,"波莉大声地回答他,"皮特搞到了一件熊皮大衣。要不是因为这个,我才不会听他的话来见你呢!"

（孙洪鹏　改写）

（题图:李　加）

七色鹦鹉

　　约翰是个窃贼。那天，他悄悄摸进一户住宅，那是一幢富丽堂皇的房子。

　　约翰刚关上房门，就听到一声清脆的问候："上午好，先生。"

　　约翰差点没吓昏过去，定神一瞧，才发现在客厅中央吊着一根银管，上面站着一只漂亮的七色鹦鹉。

　　那个小家伙神气活现地对约翰说："我猜您一定是个窃贼吧?"

　　约翰眼珠一瞪："你敢吓唬我? 信不信我会掐死你?"说着，他跑上去就要掐鹦鹉的脖子。

　　七色鹦鹉立刻拍拍翅膀，轻快地飞到了另一根银管上。约翰这才发现，客厅里这样的银管有十几根。

那只七色鹦鹉又说话了："请您放过我吧,窃贼先生,我会告诉您存折、现金、珠宝放置的地方。"

约翰有些将信将疑。

鹦鹉说："存折在卧室床头柜夹层里,一共是四张。"

约翰一翻,果然找到了四张数额巨大的存折。

鹦鹉接着说："现金都在卫生间的纸篓里。"

约翰跑去一看,那里真有厚厚一沓钞票,他有些欣喜若狂了。

鹦鹉又说："在客厅的大鱼缸底下,还有8颗钻石。"

约翰又去伸手一摸,果然摸出了8颗湿漉漉的大钻石。他高兴得快发疯了,说了句"谢谢",就准备离开。

这时候,鹦鹉发话了："喂,笨蛋,你是怎么当窃贼的? 难道你没有发现客厅中央吊着一个摄像机吗? 告诉你,咱俩都会被送上法庭的!"

约翰一抬头,这才注意到那个玩意儿。他冷笑一声走上去,想把里面的录像带取出来,却惊讶地发现,摄像机里还放着一把形状怪异的金属钥匙。

他吃不准这里会有什么玄机,就讨好地对鹦鹉说："亲爱的,请赶快告诉我,这钥匙是派什么用的。"

鹦鹉似乎有点着急,拍打着翅膀说："你这个贪心的家伙,你该走了。难道你想让我的主人真的变成穷光蛋吗?"

约翰一听:哦,看来这是开保险箱的钥匙了。他立刻从怀里掏出手枪,恶狠狠地对鹦鹉说："说,保险箱在哪儿? 你快点告诉我!"

鹦鹉瞪着约翰手里的枪,摇摇头,显出一副十分无奈的样子,说："好吧,你这个贪心的家伙! 你去挪开墙角的衣帽架,可以看到墙上有两个钥匙孔。记住,把钥匙插到右边的那个孔里。"

约翰迫不及待地立刻把金属钥匙从摄像机里拿出来,然后冲到墙脚,推开衣帽架,把钥匙往右边那个孔里插。

几乎是同时,只听一声怪叫,约翰倒在了地上。

鹦鹉大声欢叫起来:"老爷,快来看哪,又一个笨蛋被电击倒啦!"

(刘红江)

(**题图:李　加**)

杀狗灭口

　　格里芬是个大二的学生,眼看就要开学了,可学费还没有着落。因为他曾经向父亲夸过海口,自己的学费自己解决,所以现在就不好意思再向父亲开口。

　　这天晚上,格里芬正在客厅里苦思对策,父亲带着心爱的猎狗比尔从外面回来。格里芬突然计上心来,他知道,父亲为了这只猎狗,什么都愿意做。

　　于是他主动上前,对父亲说:"爸爸,知道吗?下学期我们学校要开设一门很适合比尔的课程。"说到这里他停住了,故意卖了个关子。

　　果然,父亲的胃口被吊了起来:"很适合比尔的课程? 快说下去,究竟是怎么回事情?"

格里芬说："生物系的教授们找到一种方法，可以教狗学会阅读，时间是两个月。不过，他们要收三千美元学费，挺贵的。"

"天哪！"父亲显得非常兴奋，说，"我的比尔是世上最聪明的猎狗，要是再学会阅读，那真是太了不起了！三千美元贵是贵了点，可我认为值。这样吧，开学你回学校时，就把比尔带去。别担心，我不会让你付这钱的。"

就这样，格里芬一个谎言，就轻易地把自己的学费问题解决了。

尝过一次"甜头"，格里芬就有点收不住了。两个月之后，他感到囊中羞涩，于是便打电话回家："爸爸，您一定想象不到您的比尔有多么优秀，它的理解能力非常强，教授们都说，比尔是他们几十年来遇到的最聪明的狗……"

"是吗？"父亲显得非常得意，"我早就知道我的比尔是最优秀的了！"

"可是爸爸，"格里芬故意在电话那头装出一副吞吞吐吐的样子，"教授们说，说……"

"他们说什么了？"

"他们说，如果不能让比尔进一步学习的话，就实在太可惜了。"

"'进一步学习'，这是什么意思？"父亲着急地问。

格里芬解释说："是这样的，经过深入的研究，教授们现在已经掌握了教它说话的方法。"

"他们的意思是，比尔将来能够开口说话？需要多长时间，还要交多少学费？"父亲显得非常兴奋。

"还是两个月，不过学费得增加到五千美元。"

"没问题，真是太好了！"父亲答应得非常爽快，"我明天就把钱给你寄去。"

就这样，又混过了两个月，格里芬得回家过圣诞节了，一想到父亲肯定要检查比尔的学习成果,他的头皮就有点发麻。不得已,他使出了最后一招,开枪把比尔打死了。然后,装出一副沮丧的神情,回到了家中。

一看到格里芬回家,父亲就激动地冲过去大声问道:"我的比尔呢?比尔在哪里?"

格里芬用低沉的声音说:"爸爸,我们可以先谈谈吗?"

父亲有点疑惑。

格里芬说:"爸爸,今天早上,我在宿舍里收拾行李,比尔问我要去哪里,我告诉它,回家过圣诞节。它对我说:'回家?太好了,我真有点想你的父亲,不知道他现在跟那个女人私下里还有没有来往?'"

父亲愣住了,睁大眼睛看着格里芬,他没有想到他一直以为自己做得很小心的事,怎么比尔会知道得这么清楚。他嘴里喃喃道:"没想到比尔竟这么爱胡说八道,真是该死!"

"我也是这么想的,所以就……"格里芬的脸上露出了狡黠的微笑。

(后标营　编译)

(**题图:李　加**)

靠窗的座位

　　罗宾先生正在外地旅游,突然接到总部的电话,要他马上返回。事情很急,他就乘当地的小飞机踏上归程。

　　罗宾坐飞机喜欢靠窗,这种小飞机事先并不规定座位号,所以一登机,罗宾就找靠窗的位子。可他很快就发现,靠窗的座位几乎都有人坐了,只有一个士兵旁边的座位还空着。

　　罗宾想:那士兵为什么不坐这个靠窗的座位呢?

　　他有点纳闷,但还是走了过去。走近了一看,才看见那空座位上有一张纸条,上面写着:为保持飞机载重平衡,请空出此位。多谢合作!

　　罗宾以前坐飞机从未见过有这种规定,不过再一想,估计这架飞机载有重物,需要平衡乘客的乘坐位置。无奈,他只好在一个不靠窗的位子上坐了下来。

后来,又有几个登机的乘客和罗宾一样,想坐那个靠窗的位子,但走过去看到纸条后,就又都去找其他位子了。

飞机上的空位子越来越少,乘客们差不多都登机了。

最后,上来一个漂亮的年轻女子,只见那士兵立刻手脚麻利地把他旁边靠窗座位上的纸条"嘶"一下撕去,那漂亮女子一眼就看到了这个空座位,马上就走了过去……

士兵笑了!

飞机起飞了,士兵开始盘算着如何结识身旁的这个美女……

（许鹏飞　编译）

（题图:李　加）

脑筋大转弯

　　一辆汽车在路上超速行驶,被新警察发现后拦住了:"先生,请出示一下您的驾驶执照。"

　　司机两手一摊,说:"我没有执照。"

　　新警察说:"是吗? 那就请您出示一下车主证明。"

　　司机解释道:"我不是车主,这车是偷来的。"

　　"偷来的?"

　　"是的。哦,我想起来了,昨天我把枪藏到坐垫下面时,看到那里就有车主的证明。"

　　新警察竖起耳朵,警觉道:"坐垫下面有支枪?"

　　司机说:"是的,我杀了车主后,就把尸体拖进后备厢,然后把枪藏在坐垫下面。"

新警察吃惊地问："您杀了人,并且藏匿了尸体?"

司机说："是的,一点没错。"

新警察听到这里,连忙掏出手枪指向司机,同时,用话机向警局紧急报告。

很快,数十名警察驱车赶来,把那个司机团团围住。

警长亨特走到司机面前,问："可以看一下您的驾驶执照吗?"

司机说："当然可以。"他把驾驶执照递给了警长。

警长又问："这是谁的车?"

司机说："是我的,不信您看。"司机向警长出示了车主证明。

警长有点搞不懂了,他命令司机:"将坐垫掀开,我想看看下面有没有枪。"

司机说："可以。不过,我想您看完之后会感到失望的。"司机掀开了坐垫,果然,下面什么也没有。

警长又命令道:"请打开后备厢,我听说那里面有一具尸体。"

司机说："好的。"说完,他朝车尾走去,立即把后备厢打了开来。

后备厢里空空如也。

警长很不高兴,大声抱怨道:"我真是搞不明白,为什么我的部下会向我报告说你没有驾驶执照,车是偷来的,藏了支枪,后备厢里还有一具尸体……"

司机显得很无辜,委屈地说:"我敢打赌,他一定还说我超速行驶了!"

（陈 健 编译）

（题图:李 加）